鲁引弓◎著

姐是大叔

ZHEJIANG UNIVERSITY PRESS
浙江大学出版社

姐 是 大 叔

一

他那张英俊的、我曾经朝思暮想的脸，在远离我之后，常会有这样瞬间陌生了的感觉。

大清早的电梯里没别人，空寂、闪亮。

我像是被扔到了这四壁包围着镜子的空间中。

微蓬的头发，松松垮垮的灰色运动衣，肩膀上挂着双肩包宽宽的带子，把衣服勒得歪歪斜斜，宽阔的裤管灰中发黑。这模样没任何赏心悦目之处，甚至随意得不像一个女孩。

如果你也刚好走进电梯，第一眼你可能会把我当成一个大叔。

事实上，在这幢公司大楼里，我的同事在背后给我起的绰号就是"大叔"。她们还以为我不知道。其实，她们不知道的是我觉得这绰号挺逗的。

就宛若大叔了吧。

大叔怎么了？你们妩媚去吧，升职去吧，我想歇歇了。我对着空中笑了一下。当然，如果知道接下去的一天会发生什么，我肯定不可能笑。

出了电梯，经过走廊拐角时，我听见楼梯间有什么动静，扭头看了一眼。李帅和季小芳正在灯光暗淡的楼道口拥抱着亲吻。季小芳的手伸进李帅的衬衣里。

我慌忙转头，但还是无法忽略他们仍然缠绕在一起的双腿，还有，李帅突然抬头瞥见我时的眼神。惊慌、尴尬、愧疚。我熟悉这样的眼神，就像我总是假装它们是空气一样。

我听见自己的鞋跟在走廊上发出让人烦躁的声响。当我走到自己的办公桌时，我认为自己已淡定下来。

你知道吗，这个李帅半年前是我的男朋友。

而这个楼梯间曾经是我俩的小秘密。"拐角的小清晨"，他甚至给它起了名字。那时候每天早上来单位，我们都在这里飞快地亲密一下，然后回到办公室开始一天的工作。

果然，一个小时之后，李帅打电话过来，让我去一趟他的办公室。他在走廊尽头的总裁办，两个月前他被提拔到了那里，成了总裁助理。办公室里只有他一个人，估计他瞅准了总裁庞天龙出去开会这阵儿才打电话叫我过来。

他装模作样把一份报表给我，让我转交给市场部的邢海涛主管。

然后他说，你最近还好吗？

我说，还行吧。

他说，你脸色挺灰的，应该让自己快乐起来。

我笑道，还快乐的。

他说，有些事我会帮你的，你我永远是朋友，你说对不对，朋友不一定就是有缘分，缘尽了，也是有温暖的。

我笑起来了，像个大叔一样粗糙。我心想，不就是刚才看到你俩缠绵了，我还没过不了这关，你倒想摆脱自己的障碍了。

李帅接着叹了口气，他说，可能我们还是走得远点好，这样会轻松点。

他说，不知为什么我看到你就难过，我看到你越来越灰不溜秋就难过，不管你信不信，我心里很纠结。

他说，我都不知道每天在这楼里照面，这以后怎么办。无论是我还是小芳都觉得不是滋味，其实我真的想走，想离开这里，但你也看到了，现在我在公司正处于上升阶段，我喜欢这份工作，我真的很纠结，其实我真的很想走。

他的暗示我明白。

我知道这是他今天找我要说的重点。虽然他绕着圈子，但我懂。他不想放弃这里的平台，季小芳她爸是副省长，小芳当然也不会走，所以剩下该走的就是我了。

只是我的嘴巴还在逞强。我看着挂在墙上的那幅"福"字，用尽量慢的语速说，不开心的人自然会走，但谁不开心，够不够到走的程度，那点往事值不值得这么隆重对待，都有待确认，何况，这里只是我的一只饭碗。

我重复道，这里只是一只饭碗。

他有些乱了。这时他的电话响了，他一边去接电话，一边嘟哝着对我说，以后好不好当然会与我有关系，我分管你们这一块呢。

他那张英俊的、我曾经朝思暮想的脸，在远离我之后，常会有这样瞬间陌生了的感觉。也可能人与人之间的关系真的很微妙，从留恋到怨恨只隔了一个台阶。我想，你在威胁我吗？

于是等他放下电话机，我说，那可要你多关照了，多谢你以后关照我。

他的脸红了。他本性老实软弱，这一点他改不了。

于是我走到了外面的走廊上。我来的时候就告诉自己别生气，但好像还是生气了。

下午的时候，我坐在电脑前，突然眼睛里有了泪水。这阵子眼泪这东西总是在莫名其妙的时刻来临，我想这是怎么了？

我要不要走？去哪儿？凭什么劝我走？但是如果我不走，窝在这里，那不是明摆着让自己难受？但要走，一下子去哪儿找个工作？

办公室里人人都在忙。我盯着电脑，掩饰自己这一天憋到此刻的悲伤。

坐在我前面的吴莺莺正在千娇百媚地打电话。她对电话那头的人说，请我吃饭吧，手机摇一摇，我发现离我最近的刚好是你，你过来吧。

我在心里对自己说，王若兰，你是大叔，大叔对今天的事应该是无所谓的，因为大叔对别人、对自己都是看透的。

所以我劝自己别想了，就像鸵鸟一样把头埋进翅膀下吧，暂时不去想。

姐是大叔

二

所以我现在最想悄悄熬过去。像所有不得志的"办公室大叔"一样，不受关注地混过去。

在莺莺燕燕的办公室里，我到底是从哪一天起像个大叔了呢？

记不清确切的时间了，好像有一段日子了。

在我办公桌的台历上，四月一日那天的格子里我用很淡的铅笔写了一句："不想引人注意。"所以我估计应该是今年春天的事。而再前面的那个冬季，李帅因为和新来的季小芳黏糊，和我分手了。

至于我衣着越来越随意、松垮，被他们背地里取笑为"大叔"，好像也是在这个春天。

最初是有天早上，我弟把他那件穿了好多天的灰卡其外套放在椅子上，说，姐，你有空帮我洗一下吧。

那天早晨有点冷，我急着去上班，原想去衣橱拿件风衣，突然懒了，伸手拿起我弟那件"灰卡其"披上，心想反正要挤地铁。

结果这宽大的衣服被我穿了一整天，它松松垮垮的样子，倒让我很舒服。我在单位里进来出去，发现它挺好的。我穿了整整三个星期，因为那阵子又老是下雨，衣服洗了也晒不干。

一个人的变化，有时候原因可能很微妙，甚至连自己都不一定

想得清，反正我越来越喜欢披挂我弟的衣服了。这些衣服好像也适合我，不怕皱，不用小心打理，连穿几天甚至一个月都是一个样。棉棉的灰调调，不引人注目，适合屋里屋外的天气，也适合我的心情。

有次，我甚至把我爸的一件工装当作我弟的了，也穿了它好几天。我妈到处找它，后来发现被我穿来上班了。

办公室里的同事们看我日益成"大叔样"，多半认为我因李帅移情别恋副省长女儿季小芳受了刺激，变成了一个灰心的人。

我承认他们想得没错。

我承认是因为难过所以没有心情。

我还承认是比较后的沮丧。虽然有些事迟离开还不如早离开，至少能少些心痛，但我承认人与人的比较横在那里，就会令人沮丧。

所以我现在最想悄悄熬过去。像所有不得志的"办公室大叔"一样，不受关注地混过去。

一个星期后，部门主管邢海涛通知我将汽车品牌营销业务让给方格棋。邢海涛的理由是这一块业务需要拓展，需要出差，所以需要男生去挑担。但他的眼神分明告诉了我他的无奈。

我知道这是谁的主意。当然，所有的理由都足够上台面。

我了解李帅，也了解季小芳的能干和果断。只要我在这里，每天我都在提醒人们他的功利和她的横刀夺爱。这就是我的存在感。

少了汽车业务，意味着我每月少了一大块奖金。这不重要，重要的是他们告诉我该走了。

我是该走了，因为这样太累了。

不过是一只饭碗而已，在这里已经付出了感情，如果还需要应付小肚鸡肠，那真是够了，走吧。

我拿出名片册，一张张地翻看，以前打过交道的公司中哪家可以去试试。

遇人不淑啊。我二十八岁了，在这里干了六年，到如今这尴尬年纪又要求职了。

这时手机响了，是我妈。她在电话那头的声音很严肃，她让我四点之前回到家。她说有事要和我谈谈。

姐是大叔

三

我拉起行李箱，走到门外，听见我妈在后面嚷嚷"又不是现在要你走，更不是今天就叫你走……"

我向部门主管邢海涛请了假，直奔地铁站。

　　站在车厢的过道里，风从窗子上沙沙地吹过去，在站台与站台的明暗之间，我想着我妈那张焦躁的脸。我想不出她这么急匆匆要我赶回家是要和我谈什么重大问题。

　　本来此刻距离下班时间也只不过一两个钟头而已了。我妈是急性子，凡事她都有一堆理由，又总是装成另一个理由，还将主题拔得很高，其实不就是个小人物嘛，是打哪儿觉得需要这样的高度？所以每当我妈说要和我谈谈的时候，我就知道不会有什么好事。

　　我在方滨站下车，我家在文苑新村。那是一个建于二十世纪九十年代初的小区，是我爸单位分的房子。爸妈、我和弟弟都住在那儿。

　　像我这个年纪的人，一般没有弟弟，我弟当年出生的时候尚属于实行计划生育政策初期，所以超生了。

　　在我们这个人人都心事重重的家里，弟弟一直是我的安慰。他从小就跟在我的后面，像我的尾巴。爸妈宠的是他，而他很小的时候就知道心疼我这个姐姐。

妈妈看我进门，就告诉我弟弟和他女朋友等会儿过来吃晚饭。

她说，让你早一个钟头回来，是有些贴心话想对你说，不想让他们听到。

我妈的脸上难得带着点犹豫，但她的话还是很果断地奔向了主题。她说，你弟没上过大学，能找到这么个女朋友不容易，他们想在十月结婚，但是没有婚房啊。

我说，十月？

我妈说，这不算早，是你晚了。

她的嘴边习惯性地掠过意味深长的笑，我能感觉到她在讽刺我。她的脾气就没好过，好像这世界都欠她的。她说，结婚得有房子，这女孩没提出要独立的新房已经算是懂事了，所以我想还是让他们把新房先安在这里。这年头要买房没有个二三百万块，看都不敢去看，我们现在哪买得起。

我妈指了一下我现在住的那间小屋，说，先安在这里，委屈了那女孩。

我懂她的意思。我的头突然很大：那么我去哪住？

我说，你想让我住出去？

我妈说，不是我赶你，对这个弟弟你也该照顾照顾，他这事耽搁了的话，后面会拖到哪年哪月都不知道，这年头的女孩实际的多。

她的眼睛盯着我，她嘴里说着"这年头"的时候好像是忧心忡忡的战略家。她说，你也该心疼你这个弟弟了。

她说，你找对象的事不是我催你，催你你也不会听的，不要怪我心肠硬，我心里也不好受的，但小鸟大了就得离开鸟巢，这说不定也是一种激励，生活有时候就是要被逼一下的。

我心想，你们被逼了这么多年，也没见逼出什么，只逼出了一堆焦虑和每天的争吵。

我看着她焦躁的脸，听见玻璃窗上一只不知从哪儿钻进来的粉蝶在扑腾。我妈说，这也是为你好，天天在这家里待着，有什么开心的？到外面去交朋友吧，我们是讲唯物主义的，赖在一起最后啥也解决不了，只有心烦。

她说的都没错，她"唯物主义"的脸没让我产生一丝多愁善感，我说，走就走，你别说大道理了。

我妈说，不是大道理，是求你，求你为弟弟做点事。

我心里突然很难受，笑道，你不用求我，哪有妈求女儿的。

我妈说，我不求你们，你们什么事有知有觉？

我知道她其实还想吵一架，这样才能压住她的烦恼，宣泄她对自己、对我、对这世界的失望。

我的头都快炸了，也许彼此刺伤才能果断割舍，我说，不就是让我住出去吗？如果我有办法早就住出去了，你想让我最快什么时候住出去？

她压根没听我在说什么，继续在说她自己的，她说，这很正常，如果他们搬进来，你这个当姐姐的还住在这里，你不觉得没趣，我都觉得丢脸。

我说，我不会让你丢脸的，我现在就走好了。

我冲进我的房间，从床下拉出行李箱。我从衣柜里挑了些衣服，拿了些内衣，也拿了些我弟、我爸的"大叔衣"，我在心里说了声"借用了"，姐住到外面去没时间打理，它们合适。我把它们丢进箱子。

我一边找要带走的东西，一边打量着这个我住了二十年的房间，我想多少年以后我还会记住这样的荒谬场面吗？

我妈还在厅里说她的"唯物主义"，说她对我，对这个家，包括对我前男友李帅的认识和感受，她说她自己是个没用的人，我也是个没用的人。

我穿过客厅，到我爸妈房间的书架上去拿我的毕业证、学位证，这些东西这阵子会有用。我看见我爸坐在书架那头的藤椅上，在窗帘的阴影里发愣。他嘟哝着，我身体也不好，管不了你们的事，我保护好我的身体不给你们增加负担就是万幸了，你们的事我管不了了。

　　我爸退休在家以后，把所有的兴趣都转到了养生上，他拿着本养生书坐在窗帘下，透过窗帘缝隙间的光在研读、发呆，这一剪影是最近一年他留给我的主要印象。大白天拉什么窗帘？他说楼和楼之间太近了，人家会看到的。看到什么？我们小人物之家有什么值得看的？他无语，又钻进他的书里。

　　在我妈的强势面前，这些年他越来越低调少语，恍若家里的一个影子。

　　我拉起行李箱，走到门外，听见我妈在后面嚷嚷"又不是现在要你走，更不是今天就叫你走……"

　　我下楼，遇上楼上的李婶下班回来，她说，你出差去呀？

　　我说，是啊。

　　我走到街口，不知道去哪儿。我拖着行李箱走啊走，伤心一路相随。后来才发现自己坐在文苑新村对面的湖畔公园里发呆。从这里望过去，文苑新村像一片灰色的云，我家阳台上还晒着我昨天洗的衣服，在夕阳里随风飘摇着。

姐是大叔

四

所谓放下，就是当你想起你曾经忍受的难堪和曾经怨恨的人时，都无所谓了，心如止水，这才算放下。

我拖着行李箱来到城北的雁湾小区，敲开大学同学娜娜的房门。

　　来之前我打电话给她，说想过来聊聊。所以，她以为我只是来和她聊天，哪想到我居然带着这么一只大箱子。

　　她把箱子往房间里拉，她说，怎么了，你这是要去哪？

　　我说，我没地方住了。

　　娜娜是外地人，大学毕业后一个人在这城里漂着，如今租住在这间小小的公寓里。

　　她短发，一身运动装，像英俊利落的少年。只有我知道她心里的忧愁。

　　她给我倒了一杯水。她探问我的眼神，让我一下子不知该从哪里说起，因为这实在是丢脸。

　　这真是悲催的一天。我说，我妈、李帅、季小芳这些奇葩全绕上身来了。

　　等我说完，娜娜丢给了我一支烟。她说，你没地方住了，而且还快要没工作了，并且已经没有男朋友了，所以，你这些天得住在我这里了，对吗？没问题，我收留你吧，谁让我们是老同学。

她说，咱们还是先吃点东西吧。随后，她一声不吭就去煮面条。

厨房里的电磁炉在"扑扑"地响，娜娜往面里打了两个鸡蛋。瞧着她安静的背影，我知道她正在琢磨着怎么安慰我。煮面的气息让这间小公寓顷刻有了家的感觉。我眼泪都流出来了。

面条在碗里冒着热气，娜娜劝我要想开。

我说，想开归想开，但我得像你一样去找个出租房，这是当务之急。

她说，对了，这取决于你是否想得开。

我说，租房有什么想得开想不开的？

她说，别看这间房小，我一大半的薪水都花在房租上了，三千元一个月。你想想，如果你要租房，又要辞职，你的压力有多大你自己一定明白，所以，我的意思是，一个人不可能在同一个时间段内两条战线作战，所以，我劝你想开点，先别辞职！你需要那个还算稳定的饭碗，因为你需要租房的钱。

我原本是来诉苦的，后来我发现，一晚上我们都在谈要不要辞职这事。

娜娜的确比我思路清晰。当然，这清晰也未必有什么好滋味。

按娜娜的意思，滋味算什么，先想开、看透，就什么滋味也没了。如果想不开，即使躲到天边，你也不会有什么好滋味。

窗外不知哪家的电视机里在放一支歌："白天和黑夜只交替没交换，无法想象对方的世界……"我恍惚地听着，做梦似的。我吹了吹热腾腾的面汤，水汽升腾，我希望它一点点蒸发掉我的悲哀。

娜娜认为我对那段倒霉的爱情还没有真正放下。

她说，所谓放下，就是当你想起你曾经忍受的难堪和曾经怨恨的人时，都无所谓了，心如止水，这才算放下。

她说，你放下了，别人也会放下，如果别人现在还没放下，那么我们只能劝自己先放下，淡出。咱一无所有，争不过别人，那么请你们无视我吧。

她仰脸大笑，说这权当是一种尊严，无望屌丝的尊严吧。

她说的这些其实我都明白。只是在这窄小公寓的灯光下，她这么说着说着让我有胃痛的感觉。我把碗里的汤都喝了下去，肚子里都是水，脑子里就好像空了。

娜娜递给我一张餐巾纸，她说，李帅和季小芳好了又怎么样，"移情别恋"至少还有"情"和"恋"，这还算纯洁的呢，真正恶心的事你还没遇上过。

夜里，我躺在沙发上，看着月亮在对面楼顶上移动。屋里有娜娜轻微的鼾声，我一直没睡着。李帅、妈妈、弟弟、爸爸、娜娜的脸在黑暗中晃动着。我想这真是做梦一样的一天。也许我这一生还没吃过太多苦，所以现在要吃点苦了。我用手擦了下眼睛，眼睛里已没有了泪水。

姐是大叔

五

在灯光灿烂的格兰餐厅，这妞像一支燃烧的疯蜡烛，
意欲压倒一切风头。

"去吧。"大清早在地铁站，娜娜向我一扬手。她对我说了声"像大叔一样"，之后就和她的绿色双肩包一起消失在二号线转角。

　　我克制着随时可能涌上来的感伤。娜娜劝我神经要大条点，其实她自己也未必能做到。我相信这城里就没几个女孩真是这样大条的人。她们硬朗得像男人，但这其实都是假装的。你明白吗？

　　地铁车厢玻璃上映着的我，穿着我弟的浅咖啡色薄棉衣，宽大空荡，像一只袋子。头发有些蓬乱，我实在没时间和心情打理，它好像迎风而立，倔倔的，不过看起来还有点酷。

　　我坐着地铁在城市的地下飞驰，感觉是在直奔那只饭碗——那幢22层办公大楼里靠窗边的那个位子。

　　我拉着扶手，我知道我心里是多么没劲啊，因为我知道我没法给多愁善感留点余地了，我真的得像个大叔一样，无知无觉地坐到那里去，才能应对眼下的困局。

　　地铁在轻微地晃着，我在心里对季小芳说，凭什么让我走？我现在可没地方去呀！

在我周围挤满了上班族，他们中至少有一半还没睡醒，另一半好像全在想心事。大清早在想什么呢？想单位里那些厌倦的面孔，想着日复一日和他们厮守在一起？

这念头让我不那么孤独。

一个小女孩站起来给我让座，可能是她看到我宽大的外衣，以为我是孕妇。我向她摆摆手，我在心里说：姐可是大叔呢。

上午我悄悄在"搜房网"找出租房。找着找着，就有些恍惚了，因为一年前李帅和我就这样在网上找啊找，那时候我们想买个二手房，准备今年十月结婚。

李帅和我是一见钟情。

我进公司的第一天，就看见一个高个男孩站在会议室门口，帮人力资源部梅姨给我们新来的大学生发"员工手册"，他英俊，带着腼腆的笑，穿着深蓝色的西装，白衬衣的领子亮得耀眼。

我进了市场部以后，知道他叫李帅。我们同在一个大办公室。他坐在最里头，他的桌边放了好几盆绿色植物，并且经常换，都是这屋里的女孩们往他那儿摆的。

很显然，他是这里的宠儿。

我发现我的视线总是掠过电脑上方看向他。有时他在说话，有时他在微笑，有时他在生气。他和同事说话的时候我特别想知道他在说啥。有时候他也向我投来目光，当我们目光相遇时，他微笑着向我招一招手。

有一天他走过我的桌边，递给我一本书。

他说，这书比较有趣。

我看书名，《一个深呼吸，让自己慢下来》。

我翻着书，问，励志书吗，最有趣的是什么？

他腼腆地笑着，说，书价。

书价？31.5元。书价有什么好玩的？

这不是你的生日吗？

他说完就走了。

我坐在那里，看着书价，31.5元，3月15日。

三天以后，他才又过来，问我那本书看得怎么样了，要知道为找这个凑巧的书价，他可在书店找了两个星期。

我看着他的白领子，挺括的质地，我好像闻到了淡淡洗衣液的香味。那一刻我觉得他亲近得好像是我的哥哥。

他轻轻问我晚上有没有时间，他想约我吃个饭。

两个星期以后，我们就成了恋人。

单位的梅姨说，我们是多么登对的一对儿。一米八三和一米七，站在一起青春漂亮到可以为这家公司代言。

事情的变化是在去年冬天。季小芳从英国留学回来后进了我们部门。我看到她的第一眼，心里就有种不好的预感。

这女孩活泼可爱，很热辣，是副省长的女儿。不知为什么她不去当公务员，而是来到了我们这家传媒公司。

我发现她有事没事总黏着李帅。每当看到她又凑到他那儿说着什么的时候，我的心里就好像有种隐约的痛。有一天，我忍不住问李帅，小芳是不是对你有意思？他说，哪会。

在这间办公室里，没有什么个人的感受不是袒露在众人眼皮底下的，包括季小芳的奔放和我的愁怅。没几天工夫，我就发现吴莺莺他们异样的眼神。

　　天雷迸裂的场面，发生在李帅生日那天。那天晚上，我和他去格兰餐厅吃饭。突然我听见有人叫了李帅一声。我回头看见季小芳向我们走过来。我脑子嗡地一下炸了。她却兴高采烈地过来，一屁股坐下来，坐在李帅的身边。她说，我和闺蜜约好一起来坐坐，没想到你们也在这儿。你们在干啥？

　　天哪！我们在干啥？我说，李帅今天生日呢。

　　哦，生日啊，我怎么不知道？祝你生日快乐哦。

　　小芳那天穿了件Burberry长款风衣，别着一只白色的Kitty猫发卡，脸上化着细致的妆容。她一边把玩手里的Kitty猫手机套，一边对我们说她今天遇上的好事儿——下午在金泰广场买东西抽奖居然抽到了两千块钱，所以今晚得败掉一些，这种钱不散掉不行。然后她又聊到昨天跟着朋友去见了一位超级网络精英，让李帅猜是谁？马云。她还说她还去谈了一笔业务，真的超级好玩。搞到后来，我都不知道她到底想说啥。我说，你的朋友呢？她扭头看了一眼，说，谁知道，可能跑了。她把一只手搁过来，抵在李帅的胸口，让他看她刚买的手镯。她说，你们男生觉得哪一条好看？然后，她把一条腿搁到李帅的腿上，那是一双樱桃红角斗士皮靴，她问李帅，这也是下午买的，你觉得怎么样？李帅的脸红了，一直腼腆地笑。

　　她把我当成了空气。后来她突然把自己的手臂递过来，我还以为是握手，哪想到她说，你觉得哪款好看？你拿几条去吧。

　　在灯光灿烂的格兰餐厅，这妞像一支燃烧的疯蜡烛，意欲压倒一切风头。她对我说没想到今天是李帅生日，今天由她买单，一起过生日吧。

　　整整两天，我没理李帅。每当我的目光掠过电脑上方，我总看见他坐在那里走神。到第三天，我实在忍受不了了，给他发了短信。他回了我，还是那句：你想多了。

整整一个月，我在纠结和犹豫中度日如年。我这辈子还从没这么舍不得一个人，我告诉自己，趁早离开可能会少点疼痛，可是我的情绪不听我的使唤。

　　到圣诞节那天中午，坐在那头的李帅，用QQ约我去公司对面的街心花园。平日里中午我们也常去那儿坐坐。

　　我到那里的时候，李帅已经在了，他递给我一个冰激凌。我笑了一下，多冷的天还吃这个。他坐在长椅上看着我吃。看他沉默的样子，我想我是多么喜欢他呀。突然他说，要不我们算了，我们今后别在一起了。

　　我问，是因为小芳吗？他说，Maybe（可能）。

　　他和我说话的时候，握着我的手，眼睛一直盯着我头顶上方的某个地方。其实这一阵子他的目光总是游离在我的注视之外。

　　我没做任何努力，也没让他说理由，因为理由很清楚地摆在那里。权势、财富和上升空间加起来，综合吸引力大于美丽。更何况季小芳一身名牌包装，也未必不美丽和有范儿。

　　我知道我输了。如果感情趁早抽离，虽也会难过，但因为主动，也许不会输得这么痛。

　　那天我吃着冰激凌一个人先回办公大楼，走到半路上我又折回去对站在街边的他说，让我拍张照吧。

　　他愣住了，生硬地一笑，看着我用手机拍了他一下。后来这张照片就一直存在我的手机里，每当往事涌上心头，我就点开它，他漠然的表情会给我一击。

　　我吃着冰激凌往办公楼走，沿街都是圣诞节的灯饰。我想这就是我的冬天吧。

　　我穿着一件黑色的羽绒服度过了整个冬天。

　　到春天来的时候，他们就叫我"大叔"了。

　　"搜房网"上那些房子的信息在我眼前飞快地滚动。按我现在三千元的月薪，我只能租每月一千五百元以下的房子，这样还能剩下一千五百元过日子，省着点也许够了。

我沿着地铁线搜寻我住得起的房子，下班后联系中介去看房。一晃三天过去了，我还没找到合适的小屋。

坐在我前面的吴莺莺有一天扭过头来，说，你在找房子？

我说，是的。

她说，要不你租我的房子吧。

她说她在市中心买过一个小公寓，但现在不住那儿。（她现在住哪儿她没说，平日里她虽口无遮拦怪咖风情状，但该神秘的部分你永远不会知道。）她对我笑道，可以便宜点租给你，一个嘛是因为可信，另一个嘛是因为想帮帮你。

她同情的眼神差点让我感动。但我还是按捺下自己的心动。我想，如果租了她的房子，今后她不仅是我的同事，还是我的房东，不单是我工作上的对手，她还得关心我每月赚来的钱是否够她的房租。

这乱线团不是高手不能玩。

这与和李帅从同事到恋人再变回同事虽不是一回事，但是是一个道理。

在我四处找房的日子里，我一如既往地冷漠着，但事实上我能感觉到自己的变化。

比如以前我眼里只有李帅的时候，很少关心这楼里其他人的动静。而眼下因为租房子，突然意识到即使在这一间办公室里，人与人之间也已经阶层纵横了。比如：

蔡言义的老爸是房地产老板，他开的是宝马，剪一个头发要去"宝丽姿"花两千元，一个手包三万元。

陈汉民是农家子弟，有才而自卑，平日里很省，但又爱装。

吴莺莺，"小龙女"，来自小城，家境也未必多好，但行动力强、劳碌命，有意无意地显摆她花钱如流水，也不知那钱是从哪儿来的。

　　而那些手里有三四套房的主儿，当他们以决绝的语气说起房价不会跌的时候，当他们以隐约嘲笑的口吻说那些买不起房的人还在做梦房价会跌的时候，他们不知道我、陈汉民们一声不吭，心里有多郁闷。

　　这些点点滴滴，堆积到让你不舒服时，你就会发现阶层的分化有多严重。然后你会发现自己对未来的焦虑。

　　所以即使在同一个屋檐下，许多事也别指望大家能说到一块去。

　　当然，许多事也不可能不因彼此暗示而改变想法。许多事以前不明白，现在该明白了，因为毕竟不是刚毕业那会了。我想李帅是这样，我也是这样。

　　我继续在网上寻找房源。我口袋里的那点钱，让我注定不会有多大的惊喜。找着找着，我发现找房其实和找人是一个道理，好的东西不一定是自己的，所以对自己来说，它就不一定是好的，比如李帅。

　　这么想着，再做个深呼吸，虽然可能还有些沮丧，但多少也能透口气。透口气之后，就能放自己一马。对，放自己一马。别那么在意。日子还要过下去，别回头，也别比较，等自己的状态恢复吧。

　　梅姨有一天在开水房里对我说了一句，这么漂亮的女孩，本来就应该找个能解决问题的人，那个帅哥不配你。

　　她说她手边有一个好的，要介绍给我。

　　我笑笑，说，我要静一静，透口气，前一阵太累了。

姐是大叔

六

我知道让自己先离人而去，感觉上会比别人先走一步
要好。

星期天我去橡树小区看一间小公寓。

这房子月租金一千五百元，附近有地铁，交通还算方便，只是上下班来回需花一个半小时。

房东是个老太太，鼻梁上架了副眼镜，犀利的眼神像我妈，说话时一直端着，讲着一堆道理。她告诉我这房看的人可多了，而她只愿意租给大学生，因为她自己也是读过书的人。

她反复地套我是一个人住还是有人合住。她告诉我，这房只能一个人住，男朋友可不能一起住进来，因为人一多社会关系就复杂，她最怕复杂了，房间也会搞得挺乱的，一个人干干净净。我问她房租可不可以再便宜些。她眉毛一下子立了起来，便宜？你看看今年菜场里的小菜涨成啥样了？你们白领赚钱总比我这老太婆来得容易，你们少看两场电影，少吃几次肯德基不就都有了，多兼两份职不就行了。

她噼里啪啦发表意见的时候，压根没在意我听没听，我想我又撞上我妈这样的人了。我妈对她这一代的女人有一个尖刻的评价，我真想送给她。我妈说，我们这一代活到今天的老太婆没几个好人，防人防了一辈子，哪会对人不厉害的，所以别怪我没什么朋友。

我记得我当时损了她一句：防人防了一辈子，也没见你们防出个什么好果子呀。

这房东的脸和我妈的脸重叠在了一起，我晃晃脑袋就出了那间公寓。我回头对老太太说，等我找到了兼职再来找你吧。

我从网上还看到了一间公寓，在我们公司附近的四川大厦背后的巷子里，面积比橡树小区老太太的那间小，月租两千二百元。

下班后，我去那里看看。想不到闹市的背后还有这样一个杂乱的天地，若是平时我还真不会转到这里来。这里环境虽杂乱，但那间房间还算整洁。

房东是一对中年夫妻。他们说，十四年前他们第一次买房就买了这里，他们在这里起步过日子，这房子风水还行吧，虽没大富大贵，但这十年还算太平，这已经够好的了。

我环视这雅致的小房间，心想，现在是不是该我在这里起步了？

这样想着，我对这屋子居然十分留恋。

只是他们需要我一次性付清全年的房租，两万六千元。

窗外的霓虹灯映进屋里，隐约有市声传来。我知道我一下子拿不出这么多钱。我轻声问那妻子：能不能先付半年？

她摇头说，我们这边按揭了房子，也等着用这钱。

我遗憾地走向门口。这时我的手机响了，是娜娜。她问我在哪儿，回去吃饭吗？我说，我在看房。她问谈好了吗。我说，没呢，看样子找房不比找男朋友容易。她就在那头笑道，慢慢找吧，这也需要缘分。

我走到楼道里，我听见那对夫妻在后面叫我，他们说，就先付半年吧。

那妻子后来对我说，主要是看着你这人脸色不太好，好像累坏了。

他们答应我先缴半年的租金，我就不好意思再和他们还价了。这意味着，我三千元的月薪，每月只能剩下八百元过日子了。

我想我省点吧，只要先住下来，吃什么、穿什么还可以有节省的空间，这里距离单位近，至少交通费就省下了。

我的银行卡里有八千元的存款，离一万三千元还差了五千元。

我在街边给李帅发了个短信，让他方便的时候打电话给我。

然后我坐着地铁去娜娜家。一路上手机都没有回音。等我到了娜娜家楼下，他终于打电话过来了。他的声音里有隐约的惶恐，问我干吗。我相信每一个男孩应对前女友都是这样的腔调。

我说，你还记不记得前年我们一起炒股的时候我投了一万块钱在你这边，现在我想取回来了。

他在那头说，是的，是的，这事我不会忘记的，你有一万块钱在我的账户里，当时我们炒那只"宁波银行"，只是现在被深套了，现在取出来损失大了点。

路灯正在亮起来，一个男孩穿着轮滑鞋从我边上过去。我对着手机说，我只要一万元钱，那是我的。

他说，我会还你的，你放心好了。

我说，我现在要用。

他说，那也别这么急，我会还你的。

他在那头欲言又止，他多半认为我疑心他会赖掉。我已来不及去感受别人的心思了，我像个大叔一样直率地说，你明天还我，我要去交房租。

交房租？

对的，我妈让我在外面租房子住。

第二天中午，李帅发短信约我在公司对面的街心花园见。我过去的时候，他把一个纸袋递给我。

我打开纸袋，看了一眼，有两沓人民币。我问，怎么这么多？

他说，另外那一万块钱算你平时为我花的，我还你。

我说，这怎么算的？

他说，这已经算少了，你为我花了不少钱，谢谢你。

街边的风吹着一只塑料袋在地上翻卷，初夏的午后，太阳光亮得刺眼。我说过他生性老实。如果现在还是半年前，看着他垂着眼睛说这话，我的眼睛里可能会涌上泪来。而现在我好像已经冷却，并且真的觉得这么说话有点腻歪费神，我说，这是怎么个算法，一万块钱买我曾经花的心思？你别太细腻了，我花的那些钱也为我带来过开心，如果一定要算清，那开心就给算没了。

我把其中一沓钱还给他，我说，别这样细腻了，你越这样我越难离开。

这话让他像触电一样把钱拿了过去。他穿着黑色BurberryT恤，格子领口衬得他面容清秀。我转身就走了。我知道他在后面看我。我知道让自己先离人而去，感觉上会比别人先走一步要好。

我把半年租金交给了那对夫妻。我拿着房间的钥匙，"叮叮叮"地走在那条杂乱的小巷里。小巷上方是几乎被四周高楼遮蔽了的天空，不知从哪家飘来了煎带鱼的味道。我喜欢这像狭长口袋的地方。

我坐地铁回娜娜那儿去取箱子，我想赶紧搬过来，这样我就有了一个私人空间。

在娜娜楼下，我看见弟弟正在路灯下向我招手。

他居然骑坐在我的那只大箱子上。我说，你怎么知道我在这儿？

前几天他打电话问我为什么好几天没回家，住哪儿，我骗他说我住单位宿舍了，那里比较热闹。

现在他坐在我的箱子上，脸上有种哭笑不得的表情，他说，你们公司哪有什么员工宿舍，你以为我不知道啊。

他说他把箱子从娜娜那儿搬下来，就是为了带我回家。他拎起箱子说，走，回家。

我说，我不回家。

他说，我不结婚了，即使不结婚也不能让你被扫地出门。

我说，也不能这么说，爸妈从小就疼你，姐姐帮个忙也是应该的，也就这点事，你别掺和了，姐姐这辈子也没帮上你什么忙，如果这算是帮忙，姐姐很愿意的，再说我找到房子了。

他拖着我的箱子不撒手，他说，回家，租房这要花多少钱暂且不说，道理上是我把你赶出了家门，只是为了让我结婚。

我说，快别这么说了，人大了哪有不出家门的，按妈妈的看法，这还是励志呢。

他说，励志个屁。

我们像两个傻瓜似的在路灯下争夺箱子，下班回家的人们匆匆从我们身边走过去。我想起小时候弟弟跟在我的后面像个小尾巴，他总是悄悄把爸妈给他买的零食省下一点给我。现在路灯照耀着他拖着箱子的傻样子，我想这真是我的好弟弟，现在我真的心甘情愿为你把房子腾出来，只是为了你。

于是我说，弟弟，别和姐争了，姐现在也只能为你做这点事，姐找了一圈房子后才知道在这城市里有个家有多难，你快快把那个女孩找回家吧。

暮色降临的灰红天空在我们头顶，我弟突然坐在马路牙子上失声痛哭，就像小时候那样在我面前哭泣。如果这是两个星期前，他这难过的样子定会让我想死的心都有了，而现在我知道我必须不在意，因为多愁善感没一点用，它只会软化自己好不容易硬起来的心。

于是我听见自己像大叔一样冲他大声笑，我说，弟弟，妈妈没和你说过吗，小鸟大了就得离开鸟巢，生活有时候就是要被逼迫的，这话说的没错。

我从包里掏出那串钥匙，蹲下身去在他面前晃动。"叮叮叮"。

我告诉他其实今天我很高兴，因为我找到房子了。我说，这意味着我出远门了，其实十八岁就应该出远门了，现在出不了远门是因为哪里的房子都贵，但这并不意味着人不想出远门，如果永远在家里和家人在一起，只会生出忧愁，解决不了任何问题。喂，弟弟，我看你现在还是和我一起去参观一下我的新居吧，顺便帮我把这箱子抬过去。

我骗他房租不算贵，是朋友照顾的。

我装着无所谓的样子说，我先离开这个家，以后就轮到你了。

这么说着说着，我还真的无所谓了，甚至觉得他哭成这样真的有点可笑。文苑新村那个家好像正在飞快地远离我，好像坐地铁时掠过的站台，他们还在那里为那些琐碎细小的事纠结争吵，而这些离我真的很远了。

姐 是 大 叔

七

这些温软的棉布堆在我的周围，当我坐在地板上穿针引线时，这屋子有了暖暖的温馨。

我从新光小商品市场背回来了一大蛇皮袋的棉布零头。

　　我把它们摊在小屋的地板上，一地缤纷，我想象着用它们装饰我的小屋：

　　那块粉红小碎花布可以缝成短窗帘和床罩；那块淡黄小格子棉布可以挽成垂帘装饰一整面墙壁，余下的部分铺在小沙发上当垫子进行色彩呼应；小餐桌上用长条的粉色水印棉布当桌旗，而那块玫红色的缎子可以折成带花边的灯罩，为房间提亮；地板上摆几个本白亚麻布缝成的坐垫……

　　我没钱装修这小屋，只能用碎布。这些漂亮的棉布零头共总花了我不到两百块钱。它们有我想要的色彩，并且有足够的质感。

　　我跪在地板上裁剪。我一针一线地把它们缝起来。我以前哪干过这个。好在这不需要裁得多么精确，大致有个轮廓，韵味有了就行。我想象着将它们披挂于四壁时，这里会是一个多么温馨的小窝。

　　足足三个星期，每个夜晚我都在灯下忙碌。这些温软的棉布堆在我的周围，当我坐在地板上穿针引线时，这屋子有了暖暖的温馨。窗外，隔着一幢四川大厦就是闹市，霓虹灯的光就在窗边。做

女红可能就像阅读，当心静下来的时候，什么都不再想。

女红有它的功能，这小窝可能也有它的功能。有一天，坐在我前面的吴莺莺突然回过头来说，王若兰，我发现你现在说话好慢。

我真的在变吗？

我还不太清楚。我只知道这些天当我坐在办公室里想着今晚回去又可以缝缝织织了，心里竟有穿越般的喜悦。

柔软的棉布装点了我的小屋。现在推开房门一眼望去，淡粉淡黄，洁净简约，有点童话的感觉。

有一天晚上，我躺在床上，盯着对面墙上垂帘的花纹出神，我发现自己居然在盼着我妈的到来。我想如果她看了这小窝，会怎么想呢？

我相信她多半会在我面前表现出不屑一顾的神情，但其实她心里也喜欢着呢。

那垂帘上的花纹，像可丽饼上的纹路，奶黄得透出甜味来。我想，如果我现在还和我妈耗着不肯走出家里的那道门，这么些天争执下来，可能早已酸苦尝尽，并且失尽脸面。

退出吧，先沮丧了，也就先普度。

说真的，如果现在让我再住回文苑新村我爹妈那个家去，我还真的不愿意了。更何况，如果现在我没这样一个小窝，让我白天在公司里想着下班后可以回去窝在地板上静一会儿，透口气，我可能会觉得办公室那个格子间气闷到无法忍受。

我妈还没来，娜娜来了。

她说，治愈系，治愈系，这屋子太彪悍了，赖在你这边借住几天行不行？

我笑道，治愈系？你说得也太直接了。

姐是大叔

八

我们一直往前走，夜晚的风拂过脸庞，我在心里对自己说，我是大叔，我是大叔，别在乎别难过，这一切都会过去的。

今天上午趁我去洗手间那么一会儿工夫，一个电信公司的客户打到我桌上的电话就被吴莺莺接走了，这单业务也被她千娇百媚地拐了过去。

见我回来，她扭头给了我一个妩媚的眼神，说，若兰啊，那人挺逗的，他发现他需要的是我这边的文化创意，他需要有"歌舞秀"的感觉。

然后她回过头去，在电脑上啪啪地敲打起方案来。

她的背影透着忙碌的劲儿，我在心里让自己做个深呼吸。

深呼吸。在这棋盘一样的办公室里，我得时常让自己深呼吸，对着眼前的某一个视点，笔记本，茶杯……或者，镜框里那张在三亚海边的照片，给自己一个深呼吸吧。这是一种需要不断深化的功力，我相信每个不得志的"办公室大叔"都在悄悄演练着。

这是一间很平常的办公室，如果你从高处看下来，它就像一个棋盘。

我们坐在一个个小隔间里敲键盘、打电话、拉业务、发愣。在这里人与人说不上不融洽，但很多时候我能听到心机和焦虑的声音在角落里吱吱作响。

而人在这里的处境，据说取决于高深莫测的情商，取决于头儿和你的距离，取决于你豁不豁得出去，还取决于你手里的底牌，比如背景、家境……

在这里，我靠干活养活自己，暂时没什么背景。

所以，这些年我的状况就像这窗外的天气，有晴天也有阴天。而眼下当然是阴天。阴天里我像个大叔一样，决定放好强的自己一马。这是我对自己的疗伤。

只是，人在被边缘化之后，钱就少了，而我需要钱。

我听见部门主管邢海涛在批评人。我听见方格棋在叹气。

这个大男孩叹气让人同情，因为他从来就不该是叹气的人。今天他在叹气，是因为邢主管嫌他没把一个汽车品牌的推广活动文案写出创意来，让他重新写。他重做了四遍，还是没能过关。

方格棋坐在我斜对面，即使只从他的背影看，也是傻纯傻纯的一个大男孩，就像这屋里难得的阳光，我相信他可能至今还没真正操心过什么。他去年才毕业来到这里。我不知道他的家境，估计不会太差。因为他用的东西，墨镜、手包、提包、围巾，哪一件价钱都超过我一个月的工资。

而今天，方格棋在叹气。

我不是圣人，看他心烦，我心里当然会有一些快感。谁让你们把"汽车业务"从我这里拿走的？但看着这样一个大宝宝在犯难，我发现自己的快乐也十分有限。和他犯什么酸呀，他自己可能还不想做呢，都苦恼成啥样了。他又不是吴莺莺，处处与别人争抢、PK。

快下班的时候，方格棋向我这边转过椅子，他瞅着我说，若兰姐，你说车展活动怎样才有创意？

我一边整理我的包准备回家，一边说，我没什么创意呀，我已经好久没想汽车的事了。

他就又转回椅子，对着电脑发愣。

当我拎着包走过他的位子，他抬头嘟哝道，你帮我想个主题词好不好？他脸红着，眼睛里有哀求的神情。他向我递过来他那篇悲催的文案。

我接过纸，点点头，说，我拿回去晚上想一想，明天早上告诉你好吗？

他说如果今晚不做好这个文案，邢主任也就没办法回家了，因为明天就要去见客户。他站起来，凑近我的耳边说，若兰姐，我知道你心里可能不舒服，但这又不是我想要这块业务，要不我和邢主任说去？

他的眼睛里有与他那张脸不相配的世故。我讨厌这样的眼神，哪怕是这是个大宝宝，因为这会让我觉得被别人可怜，更何况还让我心软。果然我听见自己对他说，别傻了，不就是帮着想个点子吗？

我和他在办公室里忙到晚上九点。我将文案重新设计了一遍。等他去隔壁向邢海涛交差的时候，我环顾空荡荡的办公室，觉得自己要么是在学雷锋，要么是在和自己以前的在乎劲儿作战。我想，其实也没什么大不了，看样子确实没有什么大得了的。

方格棋兴高采烈地从邢主任办公室回来。他说，过了，过了！

他和我一起下楼，说要送我回家。我说，我家就在边上。

他说，那我得请你去吃晚饭。

我这才想起还没吃饭呢。我说，算啦，我想回家休息了。

他说，才九点呢。

我说，你不用谢我，也就这次帮个忙，下次你得自己做了。

他像个小孩一样点头：知道，我又不是笨蛋。

然后他看着我，说，很多事我不说，不是我不懂，其实我都懂。

我不喜欢听这样的话。我装作没听见转脸看了一眼灰红色的夜空。我向他摆了一下手，说，那么再见了。

他突然说，若兰，你很酷的，这里算你最酷。

我说，酷？从没人这么说过我，是苦大仇深的样子吗？

他伸手拎了拎我的宽衣服，笑道，有点轻摇滚的风格。

第二天中午在食堂吃饭的时候，方格棋端着餐盘，坐到了我的对面，他瞅着我的盘子，说，你在减肥吗，光吃素的？

他穿着一件显得瘦削的白衬衣，蓝色的牛仔裤，一张阳光的脸，咧嘴笑着，挺赏心悦目的。

他把头凑过来，低声说，若兰，虽然那文案不错，但其实你我都白忙了一场。

他说，季小芳上午开会时听邢海涛主任说那家汽车公司营销部的经理难缠，就让她爸找人给这家公司的老总打了电话，结果不光那营销经理，甚至连总经理今天一大早都亲自上门来谈合作了。结果我们连茶都来不及泡，文案都不用看，合作就谈成了，价码也升了三倍，从三十万元变成了九十万元。

方格棋像个小孩一样高兴地笑着，他嘟哝，早知道这样，邢主任根本不需要什么文案，结果让我还浪费了你一晚上的时间。

我把以前的尖刻咽进了心里。换成过去，我可能会说出来：不是不需要文案，而是季小芳就是文案。

我冲他笑笑，啥都没说，低头吃那盘青菜。

他说，但我还得请你吃饭。

我指了指眼前的餐盘，告诉他，免了吧，你不是看到了吗，我在减肥呢。

他可能以为我心情不好，所以还在安慰：让你费了劲，最后又没派上用场，真的不好意思。

我说，你怎么像领导一样说话了，你也不想想，如果真派上用场了，可能我还更不爽了。

他还挺聪明，点点头，好像明白我的意思了。其实，我真的没什么意思。若非要说有意思，只能是告诉自己和他：别在乎，人与人是不能比的，她搞得定，就服气了吧；她好，对我们也是好的。

这句话，第二天我还真的说出来了，不过说的对象不是方格旗，而是吴莺莺。

我去收发室的时候，看见吴莺莺正躲在楼梯间的台阶上抽烟。她向我招手说，若兰，那个电信的活动你别怨我了，我也够悲催的。

她看着我，突然吧嗒一滴眼泪滑到了脸颊上，挺夸张的。她告诉我，那个电信活动被邢海涛转给了季小芳，说让季小芳牵头，结果她一牵头，对方价码给到了原来的五倍，并且还签订了长期战略合作协议。

吴莺莺像怨妇一样站在阴影里，精心描过的眼圈糊得像被烟熏了一样，她认定了我和季小芳过结深重，对我说这些会有共鸣，所以她努努嘴说，小芳这样一来，看样子我们只有喝粥的份了。

我拍了拍她的肩，告诉她，换了你是邢主管也会这么干，这也没什么不对，季小芳能从外面把资源拉进来，这是好事，她好，也是我们好，有了她你能喝粥，否则你可能连粥都喝不上，不是说这年头资源是垄断性的吗，你要这么想才会服气。

我神色平静，像个大叔一样透彻，像个大叔一样调侃：你能跟了她喝粥，我还没法跟呢。

吴莺莺吃惊地看着我，好像有一个世纪没见过我了。随后她古怪地跟着我笑了，她说，也是，说的也是。

后来我在收发室填快件单的时候，我还在发笑，我想我已经好久没和同事说这么长的话了，没想到一不留神，我居然用我这"大叔生存哲学"劝吴莺莺趴下，服气，放自己一马，心情才好过。

我劝她趴下，没想到她趴得更下。

几天后，我就看见吴莺莺、陈汉民与季小芳亲若兄弟姐妹了，他们以"芳妹""民哥""莺姐"相称，他们配合小芳构成一个团队，创收业绩神一般地一骑绝尘。

我让自己像大叔一样在心里觉得幽默。

因为，如果说我自己的趴下更多的还是"无为"，是以无所谓获取静心，那么我承认他们的趴下比我的更进取，他们真的跟着她去喝粥了，结果吃上了大白馒头和肉包。

我懂这样的行动力。谁不想活得好啊，而实力是集聚人缘的磁铁。

我说这些的时候，如果你觉得我没劲，那是因为我在旁观，还因为我与季小芳之间的尴尬，以及我无法摆脱的书生气。

求人很难，低头也难，那就算了吧。

但我真的需要钱。因为六个月以后，我还得再缴一万三千元房租。

一万三千元。它提醒我每天的开销不能超过三十元。于是我做了如下安排：早晚餐自己做；中饭在公司食堂解决，只吃素菜。不

买衣服和化妆品，不买零食，只买黄瓜和番茄当水果。

我省出了成就感。但省不是个办法，因为按这样的计划，生活中就不能有个事。否则，不堪一击。

我跑去了人才市场，看哪里需要兼职；我去了中考补习班，看他们需不需要英文辅导；我去了建筑设计院，看他们需不需要绘图员；我甚至跑去了家门口那家星巴克，问他们要不要星期天的兼职服务生……

他们都暂时不要，因为这大街上在找饭碗的大学毕业生到处都有。

我妈说她想过来看看我的住所。

我从办公楼出来，拐过一个街口，远远地看见她站在四川大厦前。她穿着我以前的一条长裙，背着我读书时候买的一个大布包，像是从十年前来的。

她看到我好像要哭出来，让我也突然想哭。她说，早就想来了，但为你弟结婚的事忙着，你爸身体也不好，我就一直没时间。

我们沿着巷子往里走，我从一家熟食店买了一块红烧牛肉，准备回去给我妈煮面。

我妈走进我的房间，说，挺干净的。

我想象了很多次的她脸上会出现的不屑一顾的神情，一直没有出现。她有些心不在焉，她摸着墙上的布帘，说，这多少钱？这些东西是可以还价的。

我让她放心，我说，我还过价的。

我给她煮面，把牛肉放进去，又从冰箱里拿了些青菜。

她吃得额头上的汗流下来。她的瘦手臂颤动着，这一刻我发现她真的老了。

窗外的霓虹光折射到墙角，我问她是不是要回去了，再晚的话，公交车可能会停了。

她看着我说，有一件事，不知道你肯不肯帮忙？

她这样端着说话的时候，像一个严肃的女教师。

我没应声。

她说，你弟结婚，我们总要送一份彩礼给女方家，人家对房子也没作要求，我和你爸想送给她家六万块钱，我们凑了四万块了，你这个当姐姐的能不能拿个两万块？

我脑袋左侧好像在痛，从下午开始就在痛。我说，我没这么多钱呀。

我妈说，如果有，算我和你爸借的好不好，如果你真的没有，那也就算了。

她起身拿过那个包，她走到门旁时又回头看看我的小屋，好像想打破这难堪的氛围，她说，这里很好看的，哪天叫你爸爸来，他一定很高兴你这么会过日子了。

我把我妈送到门外，她再也没提钱，装作若无其事的样子，让我感觉自从我搬出家门后她其实有变化。她往前走，从她的背影看得出她是多么失望。

我们一直往前走，夜晚的风拂过脸庞，我在心里对自己说，我是大叔，我是大叔，别在乎别难过，这一切都会过去的。

姐 是 大 叔

九

娜娜说得没错，等你真正不在乎了，别人也可能就放
下了。

我穿着我弟的那件咖啡色外套，打着伞，像只陀螺一样转遍了城市的各个角落，寻找兼职的工作，还是没有什么眉目。

星期五的下午，我们公司团委组织年轻员工和一家IT企业的员工联欢。地点在我们楼下的多功能厅。

这活动其实就是集体相亲。

我找了个借口说有个广告文案急着交稿，就没下楼去。

哪想到季小芳从楼下噔噔噔地上来，她环视办公室，然后噔噔噔走过来一把拉着我，嚷嚷：王若兰，去啊，活动要开始了，他们来了好多人。

我不知她是什么心理。如果不是太天真，就是太极品。

好吧，就相信她是天真吧。事实上最近我们在走廊上迎面相遇时她都主动招呼我，而以前她从不这样。

我想也可能是她和李帅看我不走，也就认了我的倔，也可能是我越来越发自内心地视他们如空气，让他们少了不自在。娜娜说得没错，等你真正不在乎了，别人也可能就放下了。

我指着电脑说，我这个文案比较赶。

她睁大了眼睛，对我笑道，若兰，你得支持我的新工作。

　　她最近成了公司的团委书记。她用手理了理我蓬乱的头发，她说，走吧，说不定能认识有趣的人。

　　到了多功能厅，季小芳领着一个男生过来。我说，我不会跳舞。她说，那么咱们一起聊聊天。

　　后来，她一个个地领着男生过来。我发现一个下午，她好像把所有的关注点都聚在我这边，这几乎让我产生了她是为我安排这个活动的错觉。

　　这场景应该说是相当雷人。

　　她这是有病，还是显示她的大度、没心机？

　　她再想体现她这个新科团委书记对别人的关心，也不应该来操心我。

　　我让我自己在心里像大叔一样朗声而笑，我看着那些闪烁的彩灯，说，你对我真好。

　　这妞居然甜甜地笑了。她说，这些都不错的，理科男哦，"谢耳朵"不是很有趣吗？

　　在这多功能厅里，你一眼看过来，说不定会以为她这个下午成了我的闺蜜。

　　我看到了吴莺莺她们古怪的眼神。我相信她们多半认为季小芳在装，当了团委书记要摆大气了，OMG（Oh My God，我的天啊），主动从以前的情敌下手，主动去解这个结。她以为她是女神？

　　直到我看到她伸手去端杯子时微颤的手指，才知道她也在紧张呢。我想可能她真的是为了让我好起来，当然也为了安抚她自己隐约的不安。她这娇娇女习惯了强势，认为没有什么是自己搞不定的，没有什么是别人不可原谅的，所以非得拉那些男孩到我面前来。当然，除了我，可能没人不认为她在做戏。

　　这么想着，我突然对她有了奇怪的怜悯心。人要周围人对自己有那么完美的感觉干吗？

也可能我过去也多少有些类似，但现在我不是了，当我是邋遢大叔好了，低到尘埃里了也就不累了。

今天的那些理科男显然对我没什么兴趣。说真的，我对自己灰不溜秋的样子也没兴趣。所以我心想，"谢耳朵"们，难为你们在我这个大叔面前喝了这么多水。

活动结束的时候，没有谁和我对上眼，但没想到季小芳盯上了我。

现在她经常要逛进我们办公室来，穿过走道，来到我的桌边，她在我边上大呼小叫地找事和我讨论，好像她要一口气和我熟络起来。

这在办公室里有多怪。当然，像她这样的小妞，别人从来就认为她有资本任性，所以也就归为另类吧。

有一天，我终于告诉她很多事已经过去了，没必要……

我话还没说完，她瞟了我一眼，我立马知道她明白我话里的意思。

果然她嘟哝道，我这么腆着脸走近你，其实也是有心理压力的，当然不走近也会有压力。

她说，你知道吗，有一天下班后我和李帅在四川大厦的白兰餐厅吃饭，透过窗户看到你拉着一麻袋东西走过去，穿着男款衣服，真的像个打工妹……

我笑了一下，说，麻袋里是布。

我说，我就是打工妹啊。

她瞅着我说，我就是在那一刻想帮你的，是我不好，但我真的好喜欢他。

我多少感动了一下，但随即摁灭了这种情绪。我心想，好啦好啦，我已经走出来了，你可能已经感觉到了吧，你没感觉到是因为你自己可能还没走出来。

看着她精致的妆容，我突然觉得人的感觉怎么尽是颠三倒四。我在心里说，姐是大叔，不玩闲愁，对于你们，姐还是离远点好，过去了的东西都要pass（过去）。

我告诉她，其实不用想太多，更不用为我想太多，否则太累了，我自己家里的事多得都来不及应对了，更没工夫钻过去的牛角尖了，所以你也别想太多了，只要你好过了，我在这里自然就会好过一些，我这么说，你一定明白我的意思吧。

我像大叔一样豪爽地拍了拍她的肩膀。

我想，这什么世道啊，怎么我败落了还要反过来宽慰她们这些斗士？

姐是大叔

十

我喝了一口茶。我想，总得开口了，就像大叔一样开口吧。

娜娜说她们单位需要一个兼职的英语笔译，有一批资料需要翻译，稿费挺高的，问我有没有兴趣。

　　我决定去她们单位试译一下。我先回小屋换了条裙子，随后从抽屉里找了个发带，把头发编了一下。抽屉角落里有一支口红，可能已经过期了吧。我旋开它，对着镜子涂在唇上。

　　我已经有多久没穿裙子没涂口红了？镜子里的自己反而有些陌生，我好像不太习惯了。

　　我在娜娜他们公司的人力资源部试译了几段文字，顺利过关。我拿着一厚叠资料，到娜娜办公室想向她说声"Bye"。

　　娜娜看着我的裙子，说，哦，终于又穿裙子，又成大美女了。

　　她这么大声说话，办公室里的人都回过头来看我。

　　我有些不自在了，倒不是因为够不够美，而是因为这裙子。我说过我记不清有多久没穿裙子了，给娜娜这么一说，好像被窥出了今天它担负着什么用途似的。

　　娜娜说，这么急回去，不在这儿一起吃晚饭？

　　我说，我还有事呢。

我坐地铁到了华山街。我在泰丰大厦楼下拨了一个电话。

小郑老板在。他在电话里说，啊，兰兰啊，快上来，快上来。

我坐电梯到二十一楼，义乌小老板小郑站在"都宝贸易公司"的前台，冲着我笑。

他说，难得，难得到我办公室去坐坐。

我向他晃一晃手里的资料袋，说，刚路过这里，来看看你。

小郑老板个子不高，穿着修身西装，精干的板刷头，眼睛小而有神。他笑容可掬地指给我看他办公室里收藏的各种石头，书柜里他刚自费出版的书，桌上他正给我泡的普洱。

他指着一块白石头，说是刚从新疆搞来的，让我猜猜多少钱。

我说，我不懂，很贵吧？

他说，一百二十万块，算便宜的。

我指着他的那些东西，说，很儒商的感觉。

他看着我笑，说，叫你来你又不来。

我装傻说，我现在不是来了吗。

他哈哈笑，他这么笑的时候神色中带着些豪情。他说，来来来，喝点普洱，暖胃的。

这小郑老板是我大前年在一个中小企业年会上认识的。我们认识了以后，他打电话不断地约我，先是劝我去他公司当总经理助理，也就是他的助理，后来又说不来也行，你们这样的大公司，你怎么会来，但我真的想和你交朋友，只是交朋友。

这当时让李帅非常不快。

李帅最不快的是有一个周末，小郑居然开着辆保时捷到了我们楼下，说带我们去玩。

他在楼下打电话给我说，男朋友？带上带上，一起去啊，我也看看是怎样的一个男朋友。

我说，我要去他家见他爸妈。

他只得悻悻而去。

当别人欣赏你的时候，你即使再不喜欢也不会对他有太不好的感觉。而李帅悄悄地摸了小郑老板的底，说，他在义乌是有老婆的。李帅由此对我气鼓鼓的，好像我有多大的错。

那时候我喜欢李帅对我生气的样子，因为这说明他在乎我。

至于小郑老板是否有老婆，有了老婆以后是否还可以这样在外面对别人表达喜欢，我管不着，这不关我的事，我控制得了自己，并且与他保持距离。至于别人喜欢你，总是开心的事，只要自己不落进乱线团中，只要不让自己烦起来，对于一个喜欢你的人，你未必嫌恶得起来。

我喝了一口茶。我想，总得开口了，就像大叔一样开口吧。

我说，小郑老板，今天还真的有点事来找你，不是来拉你做广告哦。

他一挑眉毛，眯眼而笑，说，兰兰你还记得让我做事，说明把我当哥们，我高兴哪。

我硬着头皮说，我弟要结婚了，我得给他送份礼。

他笑着说，总不是想从这里捡块石头过去吧。

我说，那么珍贵的，谁敢捡，想向你借两万块钱，年底的时候还，本来不用借，我的股票被套了。

他伸手过来，拉住我的手。他说，这么点小钱，还要说什么理由，借你五万块好啦，啥时还随你。

我慌忙说，不用，不用，两万块就行了。

他摇着我的手，说，这么个美女，还需要借钱，钱送上门来才不算亏待。

我的脸颊很烫，我在心里呼唤：大叔，大叔的状态去哪了？

小郑老板让财务把钱拿过来。我拿过那个装了两万块钱的大信封，就想着赶紧回家去。他约我吃了饭再走。我不好意思推辞，因为才拿了他的钱。

结果他开车带我去了"豪庭五号"的露台餐厅。面对红酒、江风和对岸的灯火，我一直在走神，想着待会儿回家怎么和爸妈说这钱怎么来的。小郑老板一直在说着什么，好像说什么要投资拍电影，好像说他们那里最近流行这个产业集资啦洗钱啦，他甚至说可以和导演谈谈让我去演个女二号、女三号。我说，没做梦吧，我有这么大的魅力？你没觉得我像大叔吗？

大叔？他嘴都张开了。他说，你没在说我像大叔吧？

我说，你青年才俊呢，儒商呀。

他哈哈大笑，拍了拍我的肩，说，我是还年轻呢，当然，我可比不上那些小白脸，我知道你们喜欢小白脸，但要知道做生意的哪有心里不沧桑的。

晚上九点半，小郑老板把我送到了文苑新村大门口。我向他道谢。他摇下玻璃窗，向我摇手说，兰兰，谢谢你才对，一起聊了一个晚上，很美好的晚上。

我说，你越来越会说话了。

他伸手出来握我的手，说，我可没读过大学，和你们这样的气质女孩打交道，都不知说什么了，但开心，今天开心。

我看着他的车开走，就赶紧回家。

客厅里亮着一盏小灯，爸爸坐在阴影里，电视机亮着。妈妈没在家。

我问，她去哪儿了？

爸爸说他不知道。他长吁短叹地说他身体不好，管不了我们的事了。

　　我把装钱的信封放在餐桌上，说，这钱是我从朋友那儿借的，先拿去给弟弟结婚用吧。

　　爸爸突然从沙发上站起来，幽暗的灯光照着他瘦削的脸，他对我说，你也不要管这些了，过好你自己的日子吧，否则以后会像你妈一样劳碌，我猜她可能去你舅舅家借钱了。

　　我说，那么我先回去了，晚了地铁就没班车了。

　　呼——我把门带上，像急着把忧愁关在身后，不让它随我而走。

姐 是 大 叔

十一

娜娜说，向男人借钱哪有这么好借的，有什么是不需要回报的，就怕晚一分钟他们都不肯的。

接下来的两周，小郑老板隔三岔五地打电话过来约我吃饭、泡吧、喝茶。

看我对吃饭没什么兴趣，他甚至计划带我去看后街男孩演唱会，看星云大师书法展……

我去过两三次后，就在一个晚上给他发了条短信，想把话说绝。

我说自己工作忙，最近又在翻译一批外文资料，家里事也多，借他的钱一定会在年底还他，希望和他像普通的好朋友一样。不是他不好，而是自己当下没有这样的心情，也不喜欢这样的活法，很对不起。

他回了条短信，说，人是为自己活的，很多事别想得太多，当一个女人老了的时候，发现自己还一无所有，到时只有悔恨。

什么意思啊？他居然玩哲理了。

我回他说，正因为不想太多，所以不想麻烦自己和别人，到老了悔恨自己应该比让别人悔恨自己要好啊。

他又回了很多条短信，一句话：他喜欢我，所以他不会退出的。

我开始头痛和后悔了。

接下来，他居然到我办公楼下来等我了。我在楼上让吴莺莺接电话，让她对他说，若兰出差去了。

有一个晚上，我加班回家，突然看见他从冬青树的后面站了出来。他怎么知道我住在这里的？

他堵着我，说，今天晚上你无论如何都要跟我走。

我发现他醉乎乎的。他伸手来拉我的胳膊，他说，走，今天你得跟我走，我不要你那两万块钱了，但今晚你得跟我走。

我推了他一把，说，不就两万块钱吗，你别搞得太让人丢脸，连情分都没了。

他说，你这样，哪还有什么情分，很不够意思的。

他说，有多少女学生想跟我，我都瞧不上。

他说，给你一个月一万块总可以了吧。

他的眼睛里有迷糊和精明，我不知道他是真醉了还是在装。

我说，我不喜欢那样的活法，你把我当什么了。

他呵呵笑道，你比她们好，所以一个月两万块行不行，先一年吧。

我说，你再在这儿胡搅蛮缠，我要报警了。

他嘿嘿一笑，他说，我借你钱，你倒要让警察来抓我，你有没有良心？

我差点要吐了，差点朝他脑门上飞起一拳。我想，那天我怎么会想到向他借钱的，真他妈倒霉。

干什么？干什么？

我听到娜娜的声音从后面传过来。

这天晚上，幸亏娜娜来我这儿取那批外文资料。她出现的时候，小郑正拉扯着我。

娜娜冲过来，劈开小郑的手，冲着他说，干什么？

我说，我借了他两万块钱，他在这儿堵我，要让我跟他走。他可能以为我会因为两万块钱把自己卖了。

娜娜打开自己的包，取出一张银行卡，向小郑晃着，说，等着，老娘马上去刷两万块出来。

她一手拉着我一手攥着他，转身到旁边的工商银行自助柜台取了一叠钱出来，她递给他，说，听着，今晚只能刷这些，明天老娘给你送来。

小郑掉头就走，他向我再次丢下那句话：呵，当你人老珠黄还穷着的时候，只能怨你自己想不开。

这天晚上，娜娜没回去，她和我坐在小屋的地板上，陪了我一夜。

我这时候才真正觉得后怕。

娜娜说，向男人借钱哪有这么好借的，有什么是不需要回报的，就怕晚一分钟他们都不肯的。

我有些走神，想着最近的这些事想吐。

我说，娜娜，可能真是这样，每当我想像个女人依靠一下男人的时候，必然落荒而败，惨不忍睹，所以，只能把自己装得像大叔一样了。

像大叔？她笑道，你在单位里的绰号不就叫"大叔"吗？

我说，如果真是大叔就好了，哪会遇上刚才那样的堵截。

姐是大叔

十二

他的神情在路灯下有些萧瑟，他眼里的歉疚反而让我
有些难过，我想我的事让他心烦了。

快下班的时候，邢海涛主管打电话过来，通知我晚上有个应酬。

他对我说，今年省里的中小企业创新峰会想委托给我们公司承办，今天晚上科技局、企业局的领导约我们谈合作框架，你帮忙记录一下，也帮忙一起设计论坛的创意环节。

他说除了他和我之外，王安全副主管也一起去。

因为要去见客人，我去洗手间换了件收腰的白衬衣。总不能太邋遢地去，我用小梳子沾了水，整理自己的头发，额头那边的一缕总是倔强地翘起来，因为太长时间没打理了。我只好用一根皮筋把头发扎成一个马尾。镜子里的自己好像又有点眼生了，像个大学生。

回来路过邢海涛的办公室门口时，看见他正坐在里面看书。

在这个部门里，主管邢海涛其实对我不错，在我情绪低落的那个冬天，他可没像别的头儿那样婆妈地来做个什么思想工作，他甚至好像从没注意到我的变化，但我能感觉到这一年他对我默默的关照。

比如今天，我知道他让我参与这个中小企业创新峰会项目，其实就是想让我多一点业务，多一点收入。

邢海涛是个寡言内向的人，五十二岁，线条硬朗的脸，总是习惯性地略皱着眉头，而目光却温和恬淡。

当他皱着眉微笑着向我们点头时，他的眼神里依然有淡淡的距离感。如果你稍稍留意他，你就会发现他常在走神。你不知他在想什么，但你好像感觉得到他行将发出的叹息，当然这也可能是你的错觉，他自己都不知道他在叹息。

他毕业于北大，在这个岗位上已待了二十年还不见升迁的动静，甚至小伙子李帅都赶超到他前面去了，据说这归因于他淡若水的书卷气。

我相信他自己对这些已无所谓了。他那种"风不动他不动，风动他亦不动"的宁静，在公司一大片性急冲冲的人中间气质挺独特，蛮有味道的，当然这是我的感觉。

这样的中年人，是真正洞悉了世事的大叔吧。我该向他学习吗？

晚上的应酬在"四季海洋"酒店。邢海涛主管、王安全副主管和对方谈得不错，确定了论坛时间、邀请嘉宾的人选方向以及主题。

基本上轮不到我说话，我用笔记本记录着要点。王安全爱喝酒，渐渐地他和对方的一位处长拼起酒来。

到后来，王安全的脸像红透了的番茄，他把一只杯子放到我的面前，说，你也敬敬他们吧。

我端起酒杯，起身敬了他们几位。王安全说，这不算，要一人敬一杯。

我笑道，我酒量不行，这样喝，记下来的字可能明天都认不出来了。

王安全说，你不记也没事，我们都记在脑子里啦，今天就喝酒，来来来。

他对那位处长说，我们的美女喝一杯，你得喝两杯，好事成双。

这王安全早些年是公司总裁庞天龙的驾驶员，身材粗壮，说话很直，并且他好像很得意自己的粗放风格。他总把"庞总"挂在嘴上，是要让你知道他是庞天龙的小兄弟。

我喝了三杯后，觉得胃里不舒服，就去了洗手间。我对着水池，想吐出来，一下子又吐不出来，我抚着胃部，定一定神。我一抬头，从镜子里看见王安全突然进来了。我想，这是女厕所呀，他是不是喝糊涂了。

我还来不及转身，就被他从后面紧紧抱住了腰。我看见镜子里王安全那像猪腰子一样的脸贴在我的后颈上。

我说，你干吗？

他嘟哝，抱一抱。

我拼命挣开，他抱得更紧了，还伸出恶心的舌头贴到我的脸。我狠狠地挣扎，把他往后面推。他突然松开手，拉住我的头发，像疯了一样把我的头往左边的墙上撞，一下、两下，我头痛欲裂，我叫唤出来，我听见他在说，看你服不服，看你服不服！

有那么几秒钟，我好像失去了意识，不知道这是在哪里，这是怎么回事。我狠命一顶右手的手肘，往他胸膛击去，我听到"咚"的一声，我双手扭住他的右手腕，借势反拗他的右手，接着我一抬右腿就给他裆里一膝盖，他被我推搡到了洗脸台的角落里，我咬牙按着他的头，他的脸上显出痛苦的神情，像一块恶心的抹布。

在拼斗间，我脑子里好像下意识地在说，还记得，还记得，这招还记得。我上小学的时候，爸爸让我和弟弟跟他们厂里的卢冬儿师傅学过武术，那时候我爸就说现在流氓太多，学点防身用。

这时我听到门口有女人惊叫的声音。接着一堆人冲进来了。我被服务员们扶到了我们的包厢。后面的事我就很恍惚。我看见有人用湿毛巾捂我的额头，是出血了吧？我看见邢海涛脸色难堪，我听见王安全这个流氓说他喝醉了，不好意思。科技局、企业局的人也匆匆撤了。

邢海涛让司机先把我送回家。他坐在我边上，一声不吭。

车子到了我的小屋楼下，邢海涛把我送到单元门口，他说，不好意思，若兰，真的不好意思，今天晚上真的不好意思。

他的神情在路灯下有些萧瑟，他眼里的歉疚反而让我有些难过，我想我的事让他心烦了。

我说，没事，没事。

他说，若兰，好好过，以后找个男朋友，狠狠揍他一顿。

姐是大叔

十三

我说，如果别人的动作太强势，只能招架呢？

白衬衣的领口居然被撕开了一个口子，可见那流氓用了多大的力。

如果不是看着邢海涛左右为难的样子，今天我就去报警了。

我把衣服丢进了角落。我从箱子里翻出我爸的那件灰蓝工装，像穿上一件盔甲一样穿上它。像个男人，彻底难看死他们。我对着镜子，握起拳向虚空狠揍了一下，说，去死吧，别惹大叔我。

第二天上午，我到单位，我发现自己的桌上放着一个盒子。

里面是一只新款三星手机。

我知道是谁放的。那个流氓。我朝盒子里吐了一口唾沫。

趁邢海涛上午去总经办参加例会，我借送报刊的机会，推开邢海涛的办公室门，把盒子放在他的桌上，留了张纸条，说，不知是谁放了这个在我桌上。

我以为这事会就这样过去了。但没想到第二下午的时候，我就发现单位里有人看我的眼神在闪闪烁烁。我还听到了他们的窃窃私语。大宝宝方格棋中午在食堂吃饭的时候坐在我的对面，欲言又止的样子，留意我额头的样子，突然让我对他也很生气。

我知道他们在传昨晚的事。

我相信邢海涛不会说出来。王安全也不会这么笨。所以可能是司机小马嚼舌头，当然，也有可能是科技局、劳动局那边的人把这事传回来了。

在郁闷中过了几天，我发现王安全这鸟人又抖起来了。他好像没事了一样，他甚至逛到我们办公室来，话中有话地说，谁没醉过，谁醉了不傻，谁醉了知道自己在干啥。他朝着天花板哈哈地笑着，他说，醉了的人，甚至会对一只老鼠动情的。

陈汉民他们跟着笑出了声，更多的人把好奇隐藏在脸上暧昧的神色里。我眼睁睁地看着我的难堪像烟雾一样腾空而起，我想怎么了，这事也被人当戏看，被当作八卦。

而八卦之后，最受伤害的当然是女人。妈的，我被人骚扰了，细节很奇葩。真的假的？整座大楼都在打听。没人关心是非，没人在意你是否无辜、难过，流言只在意是否有逗乐的滋味。

我想，妈的，没报案是犯傻了吧。

我想，妈的，没男朋友，就不能揍他了吗？

我给我爸打电话，问冬儿爷家在哪里。

我爸说，好久没联系了，不知道人还在不在，如果还在，可能还住在工人新村吧，你找他干吗？

我说，我突然想起他了。

我骑着自行车去了工人新村。那里和好多年前几乎一模一样，时间好像停滞了，一样的梧桐，一样的楼下杂院，只是这些格子楼变得很旧很灰了。

印象中冬儿爷家在一楼，我一找还真找到了。我从一楼院子门进去，见一个老人穿一袭白绸衫，在紫藤架下给一些盆栽花木浇水，他回头，眯眼看着我，脸色红润，仙风道骨的样子。

他居然一眼认出我了，他说，嘿，是兰兰吧，这么大了，你爸爸好吗?

我把带去的糕点放在窗台上。我说，冬儿爷，我来谢谢你。我犹豫了一下，不知怎么说下去，但马上不管了，就说出来了：谢谢你，是因为我还真的遇到流氓了。

冬儿爷看了我一眼，好像没明白我在说啥。他拉过一张竹椅，让我坐，他说，兰兰都这么大了。他指着那株紫藤的水泥架子比了一个手势，说，你当初来这里的时候，才到这里。

我突然就哭了。我心想，怎么了？这是怎么了？可能是因为时光的流逝吧，我记得很清楚，那天早晨天还黑着呢，我爸两手搭着我和弟弟的肩膀，在这紫藤下对冬儿爷说，你教教他们，学点武术，这年头外面流氓太多。

小时候的情景好像与现在离得很近，但怎么这中间就隔了这么多事儿，这么多没劲的事儿。冬儿爷看着我，他有些手足无措说，兰兰别哭了，你知道吗，你遇到流氓了，用学过的武术防身这是我最高兴听到的话，这说明我教你的东西还有点用。好多人都这么回来谢我。

冬儿爷让我先试了试马步，小时候练功也是这么开始的。随后他推了我几把，含笑点头，说，还够稳的。

他比划着拳，让我以掌挡过，借势探他虚空之域。他说，注意脚步，注意脚步，嗯，还不错。他说，可见什么东西都需要小时候学，小时候学的是不会忘记的。

他挥动拳，让我注意它可能出击的方向，他说，当它过来时，你的注意力要专注，但不能太专注，否则还是受制于人，你心中要有你自己的东西，别人的节奏不能干扰你自己的谱，这样才能出你自己的招，稳住阵脚，不随势而倒。

我说，如果别人的动作太强势，只能招架呢？

他说，当你稳住你心里的谱时，你的静也会很强，强并不在于声势，你即使避让，也有让人警觉而留一手的资本。

我说，冬儿爷，我们当年练的时候你可没和我们说过这些。

他笑语，那时候也说过，只是你们还小，不一定懂。

我给他看我手腕上被王安全划伤的印痕。我说，小时候哪想得到外面的世界原来是这样。

世界其实只有一个。他看着我说，无论外面的和里面的。这和打拳出招是一个道理，心里有一套的人，看外界从来都这样，用你的招去应对它，你就会越打越安静，没有任何东西可以干扰你自己的世界。

我说，冬儿爷你什么时候成思想家了？

他笑道，活到这把年纪，知道的道理都是一样的。

临走的时候，他让我背一个沙袋回家。他说，回去练吧，力量是关键，这我可帮不了你。

他把我送到门口，像个顽童一样眨了一下眼睛说，这几个星期你再来几次，我再教你点"东风破"，是腿功，以前你们还小，学不了，现在可以学了。

三个星期后的一个中午，王安全与我在八楼楼梯间的台阶上相遇，我当时正下去，而他正上来。楼梯间这个时候没人，因为多数人这时都坐电梯去食堂了，只有那些吃过饭想借爬楼梯消化一下的人才走这昏暗的楼梯间。我已经注意很久了。

此刻王安全这流氓故意一左一右地装作让路，其实是在堵我，他仰着那张胖脸嘿嘿地笑着，他伸出手好像是来和我握手，其实是来拧我的胳膊，他说，生气啦，手机还不要。他说，闲着也是闲着，玩玩呗，太装，就是假正经。

我闪过他的臭手，伸手拎住他的衣领，右脚踢到了他的胸上。他想攥我的衣服，我左脚开弓，他就下去了。他从楼梯上滚下去了，滑到了转弯平台。我一个箭步跃下去，在他想站起来之前就踩上了他的脸。我拎过他的头往地上撞。他身材粗壮，比我力大，他挣扎着抬起身，已经快站起来了，我勾脚踢他的左脚腕，他跟跄了一下，我借势使出"东风破"，飞快出击，踢在他的肩上，一脚、两脚……他倒在地上，嘴里呻吟着。我一脚踩在他的胸膛上，他目瞪口呆地看着我。

他嘴还硬呢，他说，妞还有两下子，你这是暴力冲击领导，我要报警。

哈哈哈！我像大叔一样低沉地笑。我从我爸那件工装的大口袋里掏出手机，放出刚刚录下来的录音：

"闲着也是闲着，玩玩呗，太装，就是假正经。"

我说，去报警吧，感谢高科技吧，去死吧。

我狠狠地踩下去，他痛得龇牙咧嘴。我抬起脚，放开他。我一跃登上台阶，从八楼的楼梯口出去了。

突然有一只手拍了一下我的肩膀，我吓了一跳，回头，看见是方格棋。

天哪，他怎么在这里？

他激动地想向我说什么，我伸出一根手指放在自己的嘴边，说，嘘。你什么也没看见，懂不懂？

他脸激动得通红，说，懂懂懂。

姐是大叔

十四

我知道他在说什么。我发现他的两鬓有些白发了，他脸上似有似无的忧郁让我怜悯。

王安全整整一星期没在单位露面。

办公室里的人说他在楼梯上不小心滑了一跤，摔得很厉害，鼻青脸肿的。他们捧着鲜花和水果篮去他家慰问。

而方格棋这一阵老是回过头来向我挤眼睛，好像我俩之间有多大的秘密。中午吃饭的时候，他总是坐到我的对面没话找话。这大宝宝再这样下去，可能会把这事给泄漏出去的。

有一天我对方格棋说，就把你看到的事当个怪梦吧，我不想让自己被人注意。

他眼睛睁得老大，说，我懂我懂我懂，那是王自己摔的大马趴，只是若兰，I服了U。

他告诉我，那天中午他原本是想跟着我一起去食堂吃饭的，没想到我没坐电梯，而是走楼梯，他就跟着下来了。他问，那是泰拳还是跆拳道？

我收起我的餐盘，起身要走，回头低语，难道你也想跟我试试招？

他居然咯咯地笑起来。

经冬儿爷一个徒弟的介绍，我在市少年宫找到了一个武术教练的兼职，双休日给小朋友上课，每堂课两百元。

我专教小姑娘。看着天真烂漫的她们跟着我拳打脚踢的可爱模样，我真想对她们说，姐的经验是，好好学。

我让她们像男孩子一样挥拳而呼：哈！哈！哈！

整个练功场都是尖细的声音——哈！哈！哈！

我爸当年带我去冬儿爷家拜师的时候可能做梦都没想到，除了对付流氓，这武术现在还能让我每月挣到一千五百块上课费，解燃眉之急。

公司的电子公告栏上贴着一张竞聘通知，策划部、外联部、计财部、人力资源部等五个部门将竞聘五个副主管岗位，年龄限制划到三十五岁以下。

一整天办公室里没人议论这事，但相信他们都在心里琢磨着。说实话，这事要是放在一两年前，我虽未必报名，但情绪多少也会随风波动，而现在却心如止水。

吴莺莺在打电话，窃窃私语了一个下午，快下班的时候她回头悄声问我，你去报名吗？

我低声说，我这大半年做得又不好，业绩都没有，哪有戏啊！

她眼里含笑说，你以前做得好啊，我们一起去报吧。

我笑笑说，这又不是逛街要一起去。

她说，我问过天龙老总了，他让我去练练胆子，他说这次就是要鼓励年轻骨干，说像我们年轻人需要的其实不是小乌纱帽，而是干活的平台，所以没什么不好意思的，他说我这样的85后会给竞聘演讲现场带来活力。

我说我不是骨干。她把嘴凑近我的耳边，说，我也不是，但有了那个平台就是了。

她说，去报名吧，别那么没用。

我说，我就是挺没用的。

她呵呵笑道，谁真的有用，凭什么有的人有了平台就成了骨干，没有这平台的就永远只能打下手。凭什么有了这个平台的人可以待在办公室里指挥人，没这个平台的人得像狗一样在外面到处找骨头。

她的脸庞燃着火焰。我心想，她干吗拉我去啊，多一个人不就多一个对手吗？又不是一起去抗争什么。

她自信地瞅着我和这间办公室。我想，也许她拉我去报名是因为知道我不会去，她只是需要把憋了一天的情绪向别人倾诉出来。

我推脱说家里有事，在楼梯口和她分手，先回家去了，她噔噔上了九楼的人力资源部。

第二天下午，庞天龙老总让邢海涛通知我、吴莺莺以及其他部门的张娜、丁亚丽、何娟娟五个女孩去总裁办公室开会。

庞总裁戴着眼镜，一身藏青色西装，气派很足。他说，金花，五朵金花，我们单位的五朵金花。

我们挤坐在那张长条黑沙发上。他说，别那么挤，其他位子也可以坐的。

我们都没动，连连说，可以坐，可以坐。

他像个孩子一样笑道，你们抱团，不是害怕我吧？

我们都笑了，吴莺莺笑道，我们是怕你呀。

庞总裁笑语，这些姑娘。接着他让李帅进来给我们泡茶。

我正纳闷今天有什么事，他就开口了，他说，叫你们来，是因为看好你们，这次竞聘我希望你们都去试试，用你们的活力给公司增添一点新的色彩，这次竞聘，分管商贸的副省长要来观摩的。

他说，当然我们不是演给别人看，我们公司确实需要年轻人，对于公司的未来，我选择相信，相信想象力，相信年轻人。

李帅把纸水杯递给我时，古怪地看了我一眼。

吴莺莺已经在麻辣地撒娇了，她说，反正我是去练练胆子的，对结果我能想得到的，我们是女孩，即使得票高了，也不一定比得过男的，反正我以后要生男孩。

庞总指着她哈哈笑，他说，瞧这丫头讲的，要知道，这年头还是女的好用呢，女干部执行力强，最主要的是我发现女干部忠诚度高。

坐在我前面的吴莺莺在电脑上噼里啪啦地打着竞职报告。

自从庞天龙总裁做了我们"五朵金花"的思想工作之后，吴莺莺就不找我商量这事了，因为我成了她的竞争对手。

我听到她在长吁短叹，还听到她暗自嘀咕：季小芳怎么不通过竞聘直接就被任命为副经理了呢？

我坐在我自己的格子间，对着那张三亚的海景照片深呼吸，我知道我不会去报这个名了。

虽然我知道万一真的竞聘上了，每个月的奖金和年终奖将比现在高出两三倍；虽然我知道如果竞聘上了，人的状态可能会比现在兴奋一点，但我知道自己还是不会去报这个名。

因为这是不可能的。除非天神降临，馅饼砸身。

星期天下午四点，我刚从少年宫回来，手机响了，是一个浑厚的男声，他说，是王若兰吗，我是庞天龙。

我吃了一惊，连忙说，庞总你好。

他说他有一份材料留在公司的大堂里，需要现在给他送过去，他人在维海湾区。

我虽然纳闷，他平时一年里和我说过的话基本不超过五句，怎么今天直接找我做事，但领导派活总是有他的道理，所以我说，我赶紧去拿，然后送到哪里呢？

他说，维海湾区唐朝大酒店，倒也没这么急，你晚上送过来好了。

我去公司，从一楼总台拿了材料袋，穿过大厅的时候，我瞥了一眼玻璃门上自己的影子。

我去了街口拐角的理发店，对服务生说，我要剪个头。

他说，前面还有三位女客，要等的。

我说，我就理个男孩那样的短发，清爽点，快的。

他看着我的头发，说，其实你这长度挺好的，就是要烫一下，头发是要打理的，打理就会好，头发这事可不能懒。

我说，不是懒，我是练武的，想要干练点。

晚上八点，庞总裁的司机关月把我送到了唐朝大酒店。他在2808房。我上到28楼，轻轻敲了敲房门。

门开了，他穿着一件浴袍。他笑道，哟！这么短的头发。

我笑笑。

他说，进来坐一坐。

我进门，他看着我笑，他笑的时候有点孩子气，这让我放松了点。我看着电视机里正在放《天下好声音》，我说，你也看这个节目。

他说，年轻人喜欢的，我都喜欢，我怕我不喜欢就老喽。

我说，你又不老，看着很有气派的。

他哈哈大笑，起身说给我泡杯茶。他说，长腿妹妹这么说，说

明我还能扮嫩。

他穿着浴衣在我面前走来走去，让我不太自在。我想得找个什么理由赶紧走。

他把水杯放在我旁边的茶几上，他看着我说，这么短的头发，像个男孩一样。他突然伸手，摸了一下我的头，笑道，现在的女孩都这么喜欢中性吗，我那女儿就从来不穿裙子，衣服都是牛仔，灰、白和黑。

他放下手，瞅着我笑，他点着头说，也好，酷酷的，不媚俗。

我笑了一下，有些语无伦次地说，不媚俗？其实我很没用的。您女儿有您这样懂时尚的爸爸真幸运。

他摇头说，想当年读书时我也挺文艺的，现在可能只是个没趣的领导。

接下来我们都不知说什么，空气中好像有一丝安静的焦躁。

我站起身，说，我要回去了，我爸最近身体不太好。

我能看出他眼里的失落。我想，他没明确说出来，说明他比王安全要高出许多层次，所以他能做到总裁。

我可以理解他，理解他这个年纪的人的心思，对青春的渴望。但我不愿意这样。我从小父母就不是这样教我的。我得走了。

我走到门口，低声说了声，对不起。他把门关上了，不知他听到了没有。

吴莺莺兴高采烈地问我，你去报名了吗？

她眼里的自信回来了。我想，她是知道我不去报名了才问的吗？

我说，我不报了，因为没戏。

她轻声笑道，干吗这么没用，干吗想这么多，只要努力了，就会有结果。她说，我就不信我这样白天晚上都在准备会没用，即使没用，多体验一点也是有用的。

她告诉我，上个星期天晚上她把演讲稿交给庞总看过了，庞总甚至利用晚上时间帮助她修改了，真的太谢谢他了。

经过竞聘，吴莺莺成了我们部门的副主管，而王安全居然成了主管。原主管邢海涛被调到工会。

吴莺莺在理整抽屉，从她的背影都能感觉到她的喜悦来。

而我，会想到那个星期天的晚上。

那个晚上可能就是馅饼砸身之夜。可能在今天，馅饼都需要交换，需要豁出去，这我都懂，只是我从没想用这样的方式得到，还因为我是大叔，不升职，放自己一马也没什么大不了。

我去邢海涛办公室给他送书报的时候，其实是想劝一下他。

我犹豫了很久要不要去劝，但想到他对我不错，多少要去表示一下。

我推开他的门，把当天的报刊放在他的桌上，他从书里抬起头，皱着眉头向我微笑着点头，说，谢谢。

然后他把头低下继续看书，那一如既往淡淡的距离感，说明他习惯性地不想和别人走得太近，所以即使明天要到别的部门去了，也不想交流这事，省得心烦。

我说，邢老师你在看什么书？

他说，庄子的东西，台湾陈鼓应的品评，蛮有意思的。

我说，我可看不懂。

他眼神安静，说，其实也就是一些人生道理。接着他笑了笑说，人生的道理，古人都已经说透了。

我说，可是，能解决今天的烦恼吗？

他说，看你怎么看，比如，无用和有用，你的有用可能是别人的无用，做个无用的人对别人而言无用，但可能恰好对你自己的心性最有用。

我知道他在说什么。我发现他的两鬓有些白发了，他脸上似有似无的忧郁让我怜悯。我说，邢老师，不管怎么评价，你都是有用的，对于我，这一年怎么能说无用呢，我喜欢你这样的心性。

他居然脸红了，摇摇手说，哪里哪里。

他说，反正都在一幢楼里，换一个部门也算不上分开嘛。

他眼睛看着面前的茶杯，轻轻用手指弹了一下杯把，低头继续看书。

他那样的淡然让我很羡慕，我想，通透的大叔根本不需要别人安慰，因为他自成一体，不付出，就能将伤害降到零。

姐是大叔

十五

我不知说啥，这黑乎乎的屋子，好像隐藏着不为人知
的秘密，这一眼晃去，有一丝让人心跳的冷意。

一个下雨的晚上，我在小窝里翻译英文资料。

我发现那本商贸英语专用的词典被忘在办公室里了，就下楼，打着伞去公司拿。

我打开办公室的门，里面黑乎乎的，我准备去揿灯开关，突然发现吴莺莺办公桌上的小灯亮着。

吴莺莺坐在灯下，无声无息，在黑乎乎的办公室里，像一个影子。

我吓了一跳，赶紧过去，我说，莺莺，你怎么不开日光灯啊？

她没理我。她把头趴在桌上。

我从我桌上拿起词典，我说，你身体不舒服？

她突然抬起头，我看见她脸上全是泪水。

我说，怎么了你？

她说，别管我。

我说，怎么了你？

她说，别管我。她说，我完蛋了。

我连忙放下字典，从我桌上拿起纸巾盒，抽出纸递给她。

她突然拉住我的手腕，说，他玩潜规则，他违反党纪国法，他很脏，我完蛋了。

其实我的直觉是赶紧把这纸巾放在她桌上，然后找个借口赶紧走人。我不想听别人的事。一定不是什么好事。她今天告诉你，明天可能就后悔了，然后就恨你了。更何况她现在已是我们的副主管了。

但我哪走得开，她拉着我的手腕，脸上泪水纵横，就像此刻外面的雨水，打在窗玻璃上向下流淌，她说，王若兰，我要去告他，他受贿，他拿了我的钱，我怀孕了，他玩够了我，就甩了我，他以权谋私，他说话不算数，大骗子。

我赶紧奔过去，把办公室的门关上。

在黑乎乎的办公室里，这一切像做梦一样。

她说，王若兰，我完了，他"潜规则"了我，我被潜了，但我爱上了他，我哪想到我居然爱上了他，他把我害惨了。

她说那天晚上她豁出去了，她甚至给了他三万块钱，他又不缺女人，他等着愿者上钩，他牛着呢，她还要送钱给他才能得到被潜的机会，她才得了这个小乌纱帽。

她说，这年头，这些男的怎么都像痿货，甚至连玩"潜"，都得等着女的主动，也可能他们在官场里玩权玩痿了，所以要女的主动，也可能是权力让他们牛了，知道你会上，所以让你们排队PK。我倒大霉了，是因为我真的爱上了他。开始我也只是想玩一把，但哪想到我居然喜欢上他了，我要他离婚。他骗我先把孩子打了，就和我结婚，但孩子打了以后，他要赖了。

我听了，一身冷汗。我不知说啥，这黑乎乎的屋子，好像隐藏着不为人知的秘密，一眼晃去，有一丝让人心跳的冷意。

我劝她，想开点，想开点。

吴莺莺说，我算是想得开的人，但我不知道我为什么想不开，我和他没完！

后来，悲情网文《女员工被潜血泪史》出现在了网络上，轰动了全市，甚至全国。

说真的，这是我看到的吴莺莺写得最好的文字。这样的事情这些年已见多不怪，但没想到它会被描述得这么声情并茂。

她可能比莫言写得都好，因为那种既恨又爱，又怕影响他的前途又自怜自怨的心理，恐怕没有一个作家能编得出来。

吴莺莺请假一个月，休养去了。我看着前面空出来的座位，想着唐朝大酒店的那个晚上。人生真是一瞬间的事。冬儿爷说得没错，外面的世界和里面的世界只有一个。

我摸了摸我的头发，短短的，像一只刺猬身上的刺。

我现在才知道，在我走了之后，庞天龙约来了吴莺莺。

吴莺莺甚至带了钱去，说是给他的竞聘演讲稿的修改费，她把它放在桌上。

姐是大叔

十六

但我是大叔，难道你指望大叔乞求一头猪？！

王安全当了我们部门的主管。

自"楼梯暴揍"事件之后，他看见我虽是绕着走的，但他暗地里东一下西一下地塞给我一双双小鞋。

如今我轮不到一丁点儿的指定性业务项目。他把原本大家轮流执日的扫地打水等内勤派给我一人。他在部门会议上说，我看王若兰住得近，又是一个人，负担少，可以来得早点，学雷锋嘛……

我的奖金在全部门垫底。

我远远地看着他像看着一头猪。这男人怎么比女人还蔫着坏。

但我是大叔，难道你指望大叔乞求一头猪？！

公司大楼面向大街的廊柱上，贴了一张招勤杂工的布告，说需要招两名打扫过道和卫生间的女工，月薪一千五百元。

我去了分管后勤的吕亮亮副总经理办公室，我说自己每天上班挺早的，我来干吧。

他奇怪地看着我。

我说，反正我每天来得早，反正我们自己部门的卫生也由我搞，顺便把几个楼层的走廊、卫生间一起带着打扫了吧。

他依然奇怪地看着我，然后突然笑了，说，王若兰，你是在追求进步吧？

我尽力让自己轻巧地笑着说，我住得近，我不是学雷锋，而是这几个月业绩不太好做，我就想顺带做点勤杂活儿，多点收入也好的。

其实我说这话的时候脸庞好像在烧，但我想到我这大叔在自己办公室干了也是白干，如果有报酬，为什么不可以再多扫几条走廊、几个卫生间呢。所以，我劝自己自在点，没什么难为情的。

吕亮亮点点头，说，女工还没招到，现在想要招几个勤快的清洁工也不太容易，你愿意干是好事，但这件事好像有点另类，公司成立到现在从来没有过这样的事情，要不我们给你的报酬多点，两千块钱吧，你做不动的话，要说。

从第二天起，我五点三十分就来到公司，从七楼扫起。

我负责六个楼层，十二个洗手间。我一边扫地，一边留意时间，到七点一刻的时候，基本打扫完毕，满头大汗。

我还能匆匆赶回小窝，吃点泡饭，再来上班。

到中午的时候，再稍稍把各个洗手间清理一下。下班前，再把六个楼层垃圾桶里的杂物集中起来放在一楼清洁间。

干到第四天的时候，我几乎坚持不住了，不是因为累，而是因为乏味，尤其是早晨听着闹钟响的那一刻，那些过道和洗手间好像劈头盖脸地飞过来，令我脑袋晕眩。

而熬过十天以后，我就习惯了。

我的诀窍是一边用拖把拖着地面，一边像练功一样旋转身体，腾挪脚步。我能感觉到自己在黑色大理石印花地砖上像云一样飘移。晨曦从远处的落地窗照到走廊上，水光氤氲的地面，明净照人，大楼里空空荡荡的。这不就是晨练吗？哪天请冬儿爷来观摩吧。

公司有人说我在争取入党，有人说我在赌气，有人在捂嘴笑。

听说王安全对别人讲：在我们这里，业绩不好的结果是轮岗，这甚至不需要别人让她轮岗，她自己都会想着调岗的，我可没让她变成扫地大妈的，这是她自己选择的，人不想好就会破罐子破摔，就会倒退成垃圾。

听说桑达明在议论：竞争力是要靠情商的，我发现名牌大学毕业的好像情商都不咋地，人不折腾哪来竞争力？

听说陈汉民在讲：哪有这样干的，有这干扫地的心思，还不如把心思花在找老公上好。

我想，得得得，能干的尽管去逞能好了，喜欢情商的尽管去耍情商吧，我就当垃圾好了，不会折腾，也没啥资本可以交换（即便有那我大叔也不愿和你们换），我本就是一穷人家的小孩，做些杂活又不会累死的。

有一天早晨，我站在打湿了的扫把布上，在光滑的地面上一路滑行，我突然用"两只老虎"的旋律唱起来："都是垃圾，都是垃圾，跑得快，跑得快……"走廊里都是我的笑声。

姐是大叔

十七

说真的，我很奇怪自己有这样的念头，但它就来得这
么突然并且可笑。

有一天下班后，我在六楼走廊上把垃圾桶里的杂物收进垃圾袋，忽然听见邢海涛在后面叫了我一声。他拎着包，正准备回家。他走过来，帮我把垃圾袋拎过去。

我说，邢老师我自己来。

他说，我顺便下楼。

我们一起到楼下，我把垃圾袋放进清洁间。出来的时候，看见他还在大厅里没走。

他对我点点头，说，这么做，吃得消吗？

我说，我在家也干家务的。

他说，是好女孩。

他留意到了我的头发，微微一笑，摇头说，不过像个男孩子。

我笑道，挣钱过日子，不像男孩还能像什么？

他看着对面的马路，不知他听见这话没有。他那种想心事的瞬间神色有些缥缈。不知怎么了我突然觉得他很亲切，就像和我是同类。我发现我有些难舍。我看着他穿过马路，往前走，高高的个子拐过街角，不见了。

第二天早晨我在打扫卫生的时候，从总台拿了公用钥匙，将五楼工会办公室的门打开，把地板拖了一遍。

邢海涛的办公桌整理得干干净净的，不需要我清理，于是我把桌子擦了一遍。

第三天，我把一盆绿萝放在他的桌上。我想，他看书眼睛累了的时候，需要点有生机的绿色植物缓解疲劳。

第四天，我把别人给我的一罐红茶放在他的桌上。

第五天，我在他桌上发现了一盒巧克力，底下压了张纸条：谢谢你的勤快。

连着几个早晨，我忍不住去他的办公室打扫卫生。

我在那里转着圈，我把他桌上堆着的书一本本拿起来看。《庄子今注今译》，这一本他一直放在最上面，是随时在看吧，应该会看得很仔细。

我打开他的书柜门，翻看里面的书，《庄子闲吹》《庄子现代版》《庄子浅说》……书柜玻璃门上映着我微笑的脸庞。

我是在走近一个真正的落魄而淡定的大叔呢，还是想窥看他平静如水的奥秘？

"今子有大树，患其无用，何不树之于无何有之乡，广莫之野，彷徨乎无为其侧，逍遥乎寝卧其下。不夭斤斧，物无害者，无所可用，安所困苦哉。"

"仰而视其细枝，则拳曲而不可以为栋梁；俯而视其大根，则轴解而不可以为棺椁；咶其叶，则口烂而为伤；嗅之，则使人狂酲，三日而不已。子綦曰：'此果不材之木也，以至于此其大也。嗟乎；神人，以此不材！'"

我开始从他的书柜里拿书，读完了再悄悄放回去。

我一本本地拿。我知道这不太好。但我好像控制不住我的好奇。

我笑着对自己说，这举动可不太像大叔吧。

有一天早晨我站在书柜前看书的时候，虚掩的门突然被推开了，邢海涛拉着个旅行箱站在门口，像他一贯那样略皱着眉头笑着。他说，谢谢你每天帮我搞卫生。

我吓了一跳，有些语无伦次，说，我看你的书呢。

他说，我知道，只要你喜欢看，你什么时候都可以来拿。

我说，今天你怎么这么早？

他说，我和老蒋他们要去北京出差，赶早上八点的飞机。等会儿单位小车送我们去机场。

我的脸还在热着。我拿着那本《庄子的智慧》向他一晃，说，以前读大学的时候老师教过，但没想到从这里拿去看，好像才看明白了点。

我说的是实话。但我知道他一定不懂我想说什么。

我在看这些书的时候，一个很大的乐趣就是想着他也读过这句话，猜想着他当时的感觉。

这让我有与别人比试阅读的感觉，何况还是和一个我喜欢的大叔。有一天我甚至在其中一页上悄悄写了句话："不介入就不会输。"将来哪天我回忆起我在别人的书上偷偷留过言，会觉得很有趣吧。

我把书放回书柜，去拿倒在地上的拖把。

我没话找话，掩饰被他撞见的尴尬。我一边拖地一边说，邢老师，我看了你这边的书才发现这"无为"不是消极，这"无为"酷就酷在其实很积极，要想"无为"其实需要用力，需要抗拒。

我听到了他的笑声，他说，我可没想这么多，消遣罢了。

我知道他在假装。隐藏自己是他的习惯。

他放下旅行箱，走过来，从书柜里拿出一本书，说，像你这个年纪的，倒是可以先看这本《庄子浅说》。

"一个人如何在乱世处理好关系。小心混迹，远祸自保。"

"不追求特定的有用；化解对有用之执着；安于自身的条件；珍惜此生，知命乐天。"

"世人只知道有用的用处，而不知道无用的用处。"

邢海涛从北京回来后，我常常去他那里坐坐，聊聊天。

以前和他在一个部门的时候，怎么没有这种想和他聊天的感觉。现在，当我坐在他的对面聊读《庄子》的感受时，他好像也是开心的。他看着我，眼神里没有以前那样的飘渺了，他好像很奇怪，一个女孩怎么对谈这样的东西乐此不疲。他说，想不到你还真看进去了，年轻人看得太通透，可能会旁观，影响付出……

我说，不付出，就不指望得失；没得失，就不会受伤害。乱世间要做个"废物"也需要雄心，"无为"是要有定力的。

他看着我，有些走神。

我说，其实，邢老师，我特佩服你这样的淡然。

他微微扬了下眉，低头说，我这人很被动，不是有意的。

我就想笑。我说，我这样老是来和你说这些，你是不是觉得很幼稚？

他眼里闪烁了一下，笑道，哪里哪里。

有一天，我和他正聊着的时候，他的手机响了。他接了一会儿电话。他告诉我，是老同学晚上要聚会。

我说，我很好奇这样年纪的大叔们的派对，一定很有趣。

大叔？他笑道，哈，是大叔了。

他好像从没想到他已经是大叔了，也可能从没有人这么称呼过他。

我赶紧说，我也是大叔啊，这楼里的人给我起的绰号就叫"大叔"，我觉得大叔挺酷的，我就想像大叔一样淡定。

他的眼睛里有觉得这很逗的意思。他嘟哝，大叔的聚会，没啥特别的，各有各的活法，各有各的变化，没啥淡定的，也都心急着自己的事。

我说，我想去看看，我能跟着去吗？

说真的，我很奇怪自己有这样的念头，但它就来得这么突然并且可笑。

他看着我，好像也觉得好笑。他想了一下，居然点头说，好吧。

我已经很久没有参加聚会了，穿什么好呢？我一大叔已经很久没为穿什么犯愁了。但今晚我既然要跟着去，也不能让他在老同学面前塌台。

我戴了顶牛仔帽，配了件以前的小皮夹克，觉得还行，不过可能像他的女保镖。

他们可能认为我是他的"小蜜"，很风格化的"小蜜"。没人主动和我说话，但我感觉得出来他们也在悄悄观察我。我就坐在一边喝茶。他们在说着移民、投资、旅游、女人、政客以及国家关系之类的话题。他们带来的女伴一眼看上去就知道不是他们的原配。看着这些中年男人，我想象着他们在家里的样子。邢海涛在他们中间显得干净而气质特别，他像往常一样游离在外。

其中一位男士冲我笑，终于问他，女朋友？

他尴尬地说，哪里哪里。

他好像都不好意思和我说话了。

我觉得其实挺逗的。

散场的时候，大家站在街边，他好像有点怕冷的样子，让我觉得心里挺暖的。我看见他的同学们相互拥抱告别，我就伸手也拥抱了他一下。我说，今晚很开心。

他脸颊上那拘谨的神情，让我觉得好玩。

我发现我在想他。这有些问题。但我好像遏制不住自己的情绪了。

他那样聪明的人，你永远别指望看出他是否有所感应。

每天早晨我在他办公室打扫卫生的时候，我好像能感觉到他的声息，这弥漫的声息，让我感到安详，我在书柜前翻看他的书，还看到了他从前拍的照片——一个笑容清纯的青年人，留着半长的头发，比现在胖些。

从这样一个大男孩到现在的大叔，需要多少时间？

我想，不会吧，一个伪大叔喜欢上了一个真大叔。

我知道这是种奇怪的感情。何况，这可能只是我一个人的感情。但有开始，会比没有好吗？

那盆绿萝长势良好，我想，有所中意总归比灰不溜秋要好，不是吗？

现在每天中午吃饭的时候，我总下意识地寻找邢海涛的身影。

但是，有时候当我在他对面坐下时，方格棋也挪到了我的旁边。

这"大宝宝"有点黏人。我一不留神让他看见"暴揍王安全"后，他可能觉得我酷毙了。没长大的男孩都这样。他现在没话找

话，总是悄悄地凑到我眼前来。其实，姐没认个小跟班的心情。

有一天清晨，我在打扫走廊的时候，看见方格棋出现在了走廊尽头。他拿着个扫帚，兴高采烈地招呼我：若兰，今天我起得早，来帮你吧，就算上次我想请客没请成还你的。

我说，这可不行，你这一帮会把这事变成学雷锋的，不是姐不想学雷锋，而是这活本身是给薪水的。

他尴尬地拿着那把扫帚，像个愣头青。

他说，可是我把这下面的两个楼层都扫好了。

他说，我五点钟就来了。

姐是大叔

十八

四号线站口灯火灿烂，人潮如水，我拥抱了他一下，扭头亲了亲他的脸颊，亲吻了他的局促和喜悦。

因为娜娜他们公司冠名了"纵贯线"演唱会，所以她给我送来了两张门票。她说，可惜星期天她要去广州出差，否则我们可以一起去看。

　　中午在食堂，我问邢海涛喜不喜欢罗大佑。他说，还行吧，读大学的时候室友喜欢过，整天放他的磁带，听多了就耳熟了，我这人没有什么音乐细胞。

　　我就邀请他去听"纵贯线"演唱会，怀旧一下。

　　我感觉他有点犹豫。他显然发现了我在观察他的犹豫。他一笑，筷子碰了下餐盘，说，好的。

　　罗大佑那把有些走调的声音在体育场掀起声浪。

　　人潮中，我和周围的人都站起来，举起手，随歌声摇摆。

　　许多人高高举着手机，让远方当年的恋人、同窗听他们一起听过的歌。夜空下一片手机屏的蓝光，像一只只穿越光阴的小喇叭。

　　我看见邢海涛也打开了手机，不知让哪位在听"春天的花开秋天的风，以及冬天的落阳……"

　　旋律让恋旧的人们相依相偎。前排的人肩搭肩构成一条长龙。

我用左手抱住了邢海涛的肩膀。他也搂住了我的肩头。我看着他的侧影，感觉到他像温暖的草垛一样的气息。

他发现我在注视他，就侧过脸向我笑了笑，那笑容以前我一直觉得遥远，而现在我发现遥远其实是因为那笑容仿佛洞察了一切。我另一只手也伸过去环住了他的肩头。

我想我在干啥？趁着夜色、音乐和人潮，人好像能换种活法。

他也拥住了我。

我盯着他的眼睛。

我说，你是不是觉得我很没用。

他说，你是不是觉得我很没用。

我说，我很没用是因为我想没用。

他说，我是真的没用。他的眼神像个赌气的孩子。

正说着，罗大佑下去了，轮到周华健上场，刚才热乎的人群突然静了下来，大家需要转换一下情绪。于是我们把手放开，也坐下来，一直坐着听完了演唱会。

散场后，他问要不要送我回家。我说我坐地铁吧。我和他在四号线入站口分手。

四号线入站口灯火灿烂，人潮如水，我拥抱了他一下，扭头亲了亲他的脸颊，亲吻了他的局促和喜悦。今晚我真的好大胆，那也是直觉告诉我他能接受吧。

我说，很开心的晚上，虽然他们的歌对我来说老了点，但很高兴。他吻了一下我的脸，笑道，歌老了，我也老了。我说，我说的只是歌。我发现自己双手的难舍。他拍了拍我的肩膀，像在安慰，他轻推开我，他就走开去，向我挥手。

我的手机响了。我听见了方格棋的声音。

他好像情绪很激动，说，我看见了。

我说，你在哪儿？你看见什么了？

他没回答我的问题。他说，这很不好。

我惶恐地环顾四周。我说，你说什么？

他说，这很不好。

身边赶晚班地铁的人流匆匆往楼梯下涌。我有些心跳加快，自己不知从哪里被人监视着。

我说，啥都没有，有什么好不好的。

他说，你知道你在干什么吗？

我说，方格棋，你在哪儿？怎么这样和我说话？

他说，我么，在你身后报刊亭的旁边。

我回头，看见方格棋站在那里，背着包，像一个上完夜自修回家的大学生。

我笑道，你也来看演唱会了？

他说，我就不能来了？

这大宝宝从来不用这样的语调说话，今晚是生气了。我有些心乱，知道他看到我和邢海涛了，我说，不是你想的那样。

他挂了手机，盯着我走过来，路灯的光照着他的脸，像是一只别扭的气球，他说，我都看见了。

我说，你看见什么了？

他眼睛看着别处，说，你和邢海涛呀。

我说，不就一起看演唱会了。

他冷笑了下，切。

我说，我承认是有点暧昧。

他说，暧昧还不够啊？

我想他管我干吗，我说，小男孩管什么闲事，都什么年代了。

他说，你别傻了，旁观者最清。

　　我说，我没想请你旁观啊。我挤进了地铁站的人群中。他跟在我的后面。车进站了，车头两道灯光飞驰过来，这样的夜晚宛若在梦中，我上了车，发现方格棋在车厢的另一头。

　　我到中山南路站，下车前，我向那一头的他笑笑，挥了挥手，是想和解。消消气吧，今晚我真的不想生气，大宝宝别管别人的事了吧，大叔我不值得费心的。

姐是大叔

十九

接下来又是咫尺天涯的疏远，我不知是该近还是远，因为空气中都是刻意。

第二天早晨当方格棋拿着扫帚出现在走廊上时，我想他还有完没完。

　　他在那头对着墙上的一幅画，好像自言自语似的大声说，想不到你是这样的一个人。

　　我说，我是怎样一个人，可能没你想得坏。

　　他向我扭头说，错，是我想得比较好。

　　我说，所以说也没你想得那么好。

　　他突然大声说，暧昧就那么有意思？

　　我愣了一下，他还有完没完呀。

　　他说，寻开心的事最后都是不开心的。

　　他气鼓鼓的样子让我很不舒服，我说你盯着我干吗？别是喜欢上姐了吧，我可不想招惹小毛孩，我很差劲的，很差很差很差。

　　他把扫帚丢在走廊上，气鼓鼓地走了。

　　一个上午，他都没回头。我看着他的背影，我知道这小毛孩一直心肠很好，尤其是对我。我其实不想让他生气。这年头有多少人能对你有好感啊，管他是崇拜是共鸣还是依恋。我走过他桌边的时候，把一块巧克力放在他的桌上，然后走开了。我知道他在后面看着我。希望他笑起来。

对这样的男孩，这样表示求饶应该够用了吧。

从洗手间回来的时候，我发现那块巧克力放回了我的桌上。

我对着桌上那张三亚的海景照片想深呼吸，只是这一刻我哭笑不得，无法呼吸。

我发现邢海涛好像在躲着我，连着几天中午他都没出现在食堂。午休时，我去他办公室想像往常一样聊聊天，却看见他的门锁着，屋里没人。

后来我发现他去街对面的街心花园散步去了。

我知道，如果他真的在躲着我，这也没错，并且很理性。但我遏制不住想见他。到第四天中午他自己打电话过来，让我去他那儿坐坐。我过去，他给我一盒咖啡，说是他太太刚从法国出差回来带的。我说谢谢。我们还聊了一会儿公司老总庞天龙被调走的事。他的语调淡定而温和，视线停留在书架上，时而走神，没在我身上做更多停留。也见不出他的异样。谁都没提前几天的那场演唱会。接着他说日元贬值，说朝鲜半岛危机，说禽流感，仿佛那个晚上真的不曾有过。

我心里有些空虚，有些难过，是因为他又回到了以前？还是因为他在假装淡漠？

而当我离开他的办公室的时候，他突然伸手握了下我的手，并对我眨了一下眼。我紧捏着他的手指，不舍得放开。他凑到我的眼前，吻了一下我的脸。他古怪地笑了一下，把我的手推开，晃了下头说，完蛋了。

我后来坐在办公室前还在回味那个吻，我想，是不是再老实的人也有会装的一面。

接下来又是咫尺天涯的疏远，我不知是该近还是远，因为空气中都是刻意。到了星期天，他突然打电话过来，说正闲着没事，想来少年宫看我怎么上课。

我笑起来。我说，好啊。

他就来了。穿着一件海蓝色带帽运动服，和他平时的样子很不一样。他透过落地窗，看着我教小朋友。我看过去时，他就向我招手。更多的时候，我看过去的时候他在低头看着手机，他的背后是一大片落满阳光的枫树，火一样的叶子。他那不知在想什么的样子让我一直在猜他的心思。

下课后，我走出去，说，等了这么久，很无趣吧。

他就笑笑，握我的手，说，不容易不容易，想不到你还有这一手，身手不错。

我说，一块儿去吃饭。

他说，好的。

我忍不住说，星期天你家里人那边没事吗？

他说，他们自己忙。

我和他去了少年宫旁边的"水蓝"茶餐厅。有一片阳光从屋顶的天窗落在我们的桌上。他突然没头没脑地说，你真的像一道阳光落在眼前。

我心里真的像有这一片阳光在轻漾，我嘴上说，我都想成为大叔了，还阳光呢。

他笑着用手指点点他自己的胸口，说，你不知道你有多优秀，像我这样的大叔都自卑了。

餐厅里，音乐在轻柔地回旋，一听，是梁静茹的《勇气》。"我知道一切不容易，我的心一直温习说服自己。"冥冥中有很多东西就是这么巧合。我想，也许今天是一个开端。

想着开端，又有些不知所起的惶恐。

我说，你今天来看我，就是为了表扬我？平时你从来不表扬我的。

他低下头，好像有点羞涩。他说，是吗，你还这么在乎我的表扬？

"人潮拥挤我能感觉你，放在我手心里，你的真心。"梁静茹略沙哑的嗓音从没像现在这样觉得好听。我想听清楚她唱的歌词。

他低着头，用手摸着桌上那只别致的牙签瓶，说，走得太近了，走得太近了。

他轻摇着头，好像在感叹：走得太近了。

我看着他。他眼睛定定地瞅着我。我第一次从里面看到了失魂落魄的神情。我心里很软，想这有些逗。

他说，人和人应该是有距离的，人不能走得太近。他说，我这人害怕结束，害怕难堪，所以害怕开始，害怕进展……

他文质彬彬，像在道歉。今天餐厅一直在放梁静茹的歌。我想，原来他今天来是告诉我需要距离的，那么也没必要来这里这么近距离地告诉我。距离是不需要说出来的。

我有些心烦，但也觉得他说得没错，因为这符合理性原则。我向他点头，说，我懂。

我说，距离是不需要提醒的，如果想有，它就在那里。

他伸手过来，摸了一下我放在桌面上的右手，他拍了拍它。

接下来，就沉默了，空气中有些刻意。我想着等会儿吃完饭，怎么分手，是一起出去呢，还是一起同路一段，那不就又没距离了？

我想我已经被暗示成功了。

我对他说，我要去商场买些东西，先回去了，你在这里再坐坐吧。

他点头。他很奇怪地起身，伸出双手想抱我一下的样子，又好像在犹豫。这个大叔。

我转身，走出餐厅，听见梁静茹还在唱："我的心一直温习说服自己，最怕你忽然说要放弃。"

时冷时热，时暧昧时疏远。

接下来的日子，他一会儿躲着我，一会儿又约我。这样古怪地反复演练着。我可以看出他的犹豫和孤独、爱意和躲避。因为他不是高手，不会玩什么欲擒故纵，所以我既可怜他又喜欢他的克制。他比我更像大叔。

我知道他没错。确实没错。因为这符合理性原则。

只是我需要的是这个感觉吗？

方格棋气鼓鼓的背影，让我思考这个问题。也许真的是旁观者清。更何况我也担心被同事们看出破绽，因为已经历过一次别人眼里的难堪。这是大叔我所不想要的。

有一天，我在微信上看到一条心灵鸡汤：

"当你在心里无法驱赶走某个人的时候，你唯有提高他的居住成本。"

这成本是心里的纠结。

等纠结积累到无法纠结的时候，就把他驱赶出去。我想象着这一天就是明天。

明天来得很快。在下午快下班的时候，他发短信给我，说，今晚他请客，喝个茶。

我来到紫藤茶馆的时候，他已经坐在那里了。他的脸无法掩饰他的心事。我要了杯小叶苦丁。我看着那茶芽一点点地舒展，青翠欲滴。

瞎扯了一会，他对我说，这些天，我好像做了一场梦，这事想想有趣，也真的有趣，虽然也没真有啥事，所以谢谢你。他仰脸，像往常一样皱眉对我笑了一下，说，别寻我开心了。

我能感觉自己在尽力让自己平静下来。我说，我也不知道是谁寻谁开心，总之学到了很多。

他没说话，好像在想我话里的意思。

于是我说，邢主任，你说得都对。

他的眼睛躲闪着，说，单位有流言了。

面前的这杯茶略苦但清口。他见我没有回应，就说，可见人与人真的不能走得太近，否则只会造成伤害。

我笑了一下，因为觉得挺幽默。我说，这些天我们天天都在探讨这距离问题，可见距离确实不能太近，太近了就容易付出，就会想有所得，就会期望，就会难过，这都对，但心有时候不听使唤。

他拍拍我的手背，仿佛在安慰我。

我说，距离问题是心的问题，有了心向神往，才会有距离的远近问题，可见想不受伤，心就必须不投入，至少也得先看明白自己是谁，代价几何，否则就不要出手，无论对世事功名还是对情感，是一个道理对不对？

他睁大了眼睛，看着我说，若兰你说话很厉害，你骂我吧，如果这能让你高兴些。是我不对，毕竟我比你大这么多，是我让你难过了。

我笑道，我可没说你不好的意思，你说得对，做得也对，符合理性原则，其实很对的。

他苦笑，说，你还是在说我。

我觉得他有些黏糊，于是笑着说，真的，邢主任，是我读你书柜里的那些书没读透，我不是自认是大叔级灰不溜秋的人物吗，哪有大叔这么容易迷失的，哪有大叔这么不分青红皂白被打动的，功力不够，才徒添烦恼。

他皱着眉，心事重重，说，你还是在说我不好，当然，这如果能让你好过一点，没关系。

我说，我真的没说你做得不对，我们都是人，又不是神，就说这距离吧，不停地暗示距离，是因为心里还在希望没有距离，但距离其实就在那里，看明白了心里才会真的放下距离这件事，因为压根儿不想走过去，就无所谓距离不距离。

我说得有些迷糊了。我想我在说什么呀？他却点头笑道，这就对了。

我看着眼前的这杯茶，告诉他那句鸡汤："当你在心里无法驱赶去某个人的时候，你唯有提高他的居住成本。"他听了哈哈笑起来，这是今晚他难得开心的一刻。他举起杯碰了一下我的杯子。他说，看样子，我们都得涨价。我说，共勉。

我想，这可能是世界上最有趣的大叔级分手仪式。当然，在这之前我们确实啥都没有，只不过有点暧昧罢了。好在还算纯洁，不至于难堪。要不然，今晚也不能这样还算轻松地说声"Stop"。

他掏钱包买单。我说，AA制吧。

他说，你怎么了？

我说，这样才不觉得谁欠谁呀。

他笑着点头，说，也好也好，向你们年轻人学习。

等着服务员找零的时候，他突然告诉我，下周他可能会换个岗位。

去哪？

他好像有些难为情地笑了一下，说，集团公司副总经理。

哟，升职了。这么突然。我怎么不知道？祝贺！

他说，还没宣布，估计明后天会宣布的，其实也是老同学帮忙。

原来，原公司总裁庞天龙因为"吴莺莺怒揭潜规则事件"被调走，总裁之位在空缺了一个月之后，迎来了蒋文耀，他是邢海涛的大学同学。

邢海涛起身，把外衣穿上，他说，事儿集中在一起了，所以，我很高兴你能理解今天我们谈的事。这阵子我不能有事，更不能有流言，我相信你明白这点。

他说这话的语调又回到以前在我们部门当领导时的样子了。

我看着他老实文雅的模样，心想，原来他不再无用了，他要出山了，关心家国天下事了，这事有些突然，但我也该为他高兴，因为他在为这事高兴呢。

他好像感觉到了我在想什么似的，他有些不自在地说，到我这年纪了，也总得要考虑些现实的东西。

我点头，说，祝贺。我想，孔子和老庄的思想本来就可以相互兼容嘛。

在"紫藤"门口，我们说再见。

拥抱一下吧。他笑着伸手。湖畔的灯光，在对面映着一池湖水，波光仿若梦幻。我用手掌把他推开，其实也把我自己推开了。

他有些踉跄地退了几步。他一愣，对我说，功夫不错。我对他笑道，怀抱不能逗留。我在心里对自己说，谢谢你，这些天的事教会了我许多，按捺住吧，大叔，我还是大叔。

姐是大叔

二十

我突然就难过了，我说，你这么说，好像要分家似的。

坐在办公室的格子间里，看着窗外秋季的好天气，我为恍惚而过的这一个多月的时间和心烦意乱而惋惜。

　　如果说暧昧是我们与"距离"的过招，那么最后我知道我输了。

　　因为这像是一次荒唐的走神。是我犯了傻。

　　我摸了一下心口，好像也有点难受。

　　我得让自己的情绪最快地稳定下来，像真正的大叔一样淡定。

　　我对自己说，记住哦，不要被别人关注，也别瞎怜悯别人，不要随意投入情感，尤其是当你生性老实时，当你还摸不到别人的底牌时，就远离他们吧。

　　我坐在办公桌前，现在都不好意思看方格棋的背影了。那背影好像每天都在笑话我：不是说了吗，暧昧就那么好玩吗？

　　我在那本台历背后，用很淡的铅笔写了句话：

　　"远离。像一坨垃圾一样让别人远离自己，或者像鸵鸟一样埋藏脑袋远离别人。这是最愚笨也是最省心的办法。虽可能一无所得，但至少有逍遥的自由。"

有一天，我从买来的杂鱼堆中看见了一颗螺蛳。它还活着，缩头缩脑地爬着……

于是，我做了一桩酷事：在我的小窝里养了一颗螺蛳当宠物。

我妈说她要来看我，有重要的事要和我说。

我从办公室赶到我的小窝，看见她已在楼下等着我了。

我说，你怎么这么快就到了？

她说我早来了，我到了这里才给你打电话的。

她穿着一件黑线衫和一条牛仔布的长裙，都是我以前的衣服，因为瘦，不太合身。衣服款式太年轻，而她老了，所以显得有些怪。她随我上楼。

她坐在小沙发上环顾四周，她看见了那个玻璃杯里的小螺蛳，说，这是干吗？我笑道，是我的宠物。她好像没听见，因为她起身打开冰箱门看了一下，她说，你还是会过日子的。

我一边给她烧水，一边想有什么重要的事，两万块钱不是借来都给你了吗？弟弟的婚礼不是上周已办好了吗？还有什么重要的事呢？

她从随身带的那只大包里拿出一个饭盒，说，刚做的粉蒸肉，还温热的，你吃吧。

我用筷子夹了一片吃，有小时候的味道。她在对面看着我，眼神好像柔和了许多。她突然把一个用红布包着的东西往我手边推。她说，这个给你。

我看了一眼，那是一个小小的布袋。她的脸涨得有些红。我打开一看，是一条老款的项链，金的。

她说，这个给你。

我说，哪来的？

她说，是你外婆以前给我的，我今天要交给你。

暮色已挂在窗上。我把它塞还到她的手里，我说，你留着呗，我现在也没用，等我想要了，你再给我。

　　其实，她涨红的脸让我有些不自在，而且我想，哪天给都行，干吗非得今天这么急，好像迟一分钟都不行，不就是一条项链吗？

　　她继续把它往我手里推，她说，这个给你，家里也没有什么可以给你的，但这个我一直想着给你的。

　　我说，我现在也没地方放，这里是出租房，要不还是先放在家里吧。

　　她有些固执，她说，交给你我就放下了心，否则总觉得有事。

　　我说，你不是为了那两万块钱吧，你不用急着还我。

　　她说，你弟结婚了，家里他日后照顾得多点，房子就让他住了，而这金货就给你了，我去金器店让他们看过了，值一万多块钱。

　　我突然就难过了，我说，你这么说，好像要分家似的。

　　她把红布包推向我这边，她看着我叹了一口气说，别怪妈妈让你住出来，我每天晚上想着这事都难过。

　　我尽力让自己笑起来，我说，我觉得这样挺好的，连小鸟长大了都要离开鸟巢，什么事什么人都得保持距离，哪怕是家人，每天扎堆住在一起，太拥挤了，肯定会吵起来的。

　　她是一个坐不住的人。她起身去拿墙角杂物架上的一块抹布，她说，地板有些灰，可能你这阵子太忙没时间打扫，我帮你擦一下吧。

　　我拦不住她。她去洗手间打了一盆水，蹲在地上擦地板。她的裙子拖到了水里她都不知道。其实地板一点都不脏。我的眼睛里好像有泪水了。我说，妈，我这样子，你是不是觉得很没用？她没抬起头，说，挺好的，你这里搞得挺漂亮的。我说，我是说我混成这样，没给家里帮衬点什么，是不是很没用？她嘟哝，爸妈不也没用嘛。

她擦完地板擦厨房擦窗台。那只盛螺蛳的杯子也被擦了一遍，她轻轻地把杯子放回到桌子上。

我拦不住她，我想她可能是为了让自己心里好过点。

晚上九点，我送我妈出门。出门前，她把那个红布小包从桌上拿起，塞进了我的大箱子。她提醒我：我放在这里，你记住了。

灯下，她用手敲了敲那只大箱子。她抬头看我，额头上有光亮。这让她看起来脸色好了很多。

我们一起下楼，晚风有些寒意，她在前面走，我说，你冷不冷，要不我回去拿一件衣服给你穿？

她没回头，说，不用了。

姐是大叔

二十一

只是那时我不知道明天的事，妈妈，我们都来不及好好道声别。而现在再也没有告别的机会了。

我妈是第二天下午走的。

我爸打电话给我的时候，我快下班了，正在六楼洗手间清理垃圾袋。打来的电话仿佛一个噩梦。声音像是从空中吹来的急促的风。他说，快快回来，你妈没了，你妈没了。

洗手台上方的镜前灯一直在闪。我问，爸爸，怎么了？

他哽咽，你妈没了，她不要活了，她在湖畔公园的枫树林里没了……

后来，据那天下午的目击者回忆，开始的时候妈妈在湖畔公园的长廊里坐着，和一群退休的大妈们聊了一会天。据说这一阵子她常在午后到那里去晒太阳。

退休护士陈玉芳说，你妈最近老是打听看病要花多少钱，我注意到她的脸色不对。我问她是不是有什么病，不舒服的话要去看的。可她总说，可能是有点累了吧。我记得她的笑，就这么笑着。我可能一直会记得她这样笑着，想起来真的挺慌。我们这些人说话的方式你应该知道，都是退休工人，开心的不多，发牢骚的多。有的就说，得了病不要去医院，一进去就出不来了，不把你那点钱花完是出不来的，谁谁谁认识的一个人就倾家荡产了。现在回想起来，她最近老是打听看病花钱的事，向我们打听谁家的人看病拖垮了子女……

那天下午，他们像往常一样聊天，后来我妈就离开了他们。针织厂退休工人李敏说，我们还以为她回家去了，但她把一只无纺布袋忘在了石凳上。我看见后，就拿起袋子往大门那边走，给她送过去，结果发现她没走，坐在小桥边的杨柳树下，对着小池塘在发呆。我把袋子给她，说，荷叶都败了。她这么盯着，好像在想心事，她说做人没什么意思，你说对不对？我想她这阵子可能累了所以会这么有唉声叹气，就没当回事。我哪想得到啊。我搭了一句，是啊，脑子跟不上了，这年头变啊变啊，跟我们年轻时学的都对不上了，变得都不敢想这一辈子是怎么回事。我哪知道她后来会这样，真的对不起，我哪知道她真的会觉得活着没意思。

李敏抹着眼泪说，这事真的邪门，我离开你妈的时候，好像听到她说了句"嘿，要不跳下去算了"。我还回头笑她，别乱想了，待会儿得去菜市场买菜烧晚饭了。我哪想得到她还真的不想活了。

再后来，没人看到她了。

等再看到她时，她已经把自己挂在枫树林僻静拐角上的一棵香樟树上。那天是星期三下午，这里很少有人走近。那只无纺布袋挂在旁边的一株桂花树枝上，那根致命的绳子原先应该放在袋子里。

一家人在屋檐下痛哭。但我得挺住。这没有办法。我屏蔽掉昨晚妈妈来我房间的所有记忆，让自己不再去想。我看见自己像个局外人一样冷漠地打电话给殡仪馆，给医院，给社区，给派出所，给墓地公司，给她曾经的同事……

我劝弟弟、弟媳别哭了，看好爸爸。他身体本来就不好。

我在我家的地板上搭了个地铺，准备妈妈的各种后事。

我翻箱倒柜，找出她生前的各种照片，想找一张笑容阳光的作为遗像。

当我弟陪我爸出门去透口气的时候，我在这个我熟悉透了的老房子里拼命想听到角落里她的回声。

我说，妈妈，我回来了，我住回来了，你不要难过了。

我在翻照片的时候，其实还想翻出一字半语的留言，我想，她这样决然地走了，为什么？

她多少会留点字给我们，告诉我们为什么吧？

没有。我翻遍房间，没找出任何遗书，哪怕一张小纸片。

我问我爸，为什么？

他说，可能她觉得活着没必要了。

为什么？

他泪水纵横。从小到大我从没见过他这样痛哭。

他说，一直没告诉你们，其实半年前她体检时发现了肿瘤。她不让我说是怕你们担心，其实她也瞒了我好一阵才说的。她对我说的最多的话是"他们是不是知道了"。她这人好强惯了，怕拖累你们，拖累这个家，怕你们觉得她没用了。她这阵子总说自己没用了没用了。我答应她不告诉你们。但没想到她还会这样。她好强惯了。我估计她以为牺牲自己是为了我们好。她的心再好不过了。她是想好要走了。估计她可能还很高兴这样做，她还以为她很勇敢？

他指着家里的四壁，说，这里的一样样东西，都是你妈像鸟一样一点点从外面衔回来的，她是最好的人，我们怎会觉得她得病了就没用了，她怎会觉得她得病了对这个家就没用了？

我把涌上来的眼泪吞下去。我把疼痛赶进心底里去。我不同意

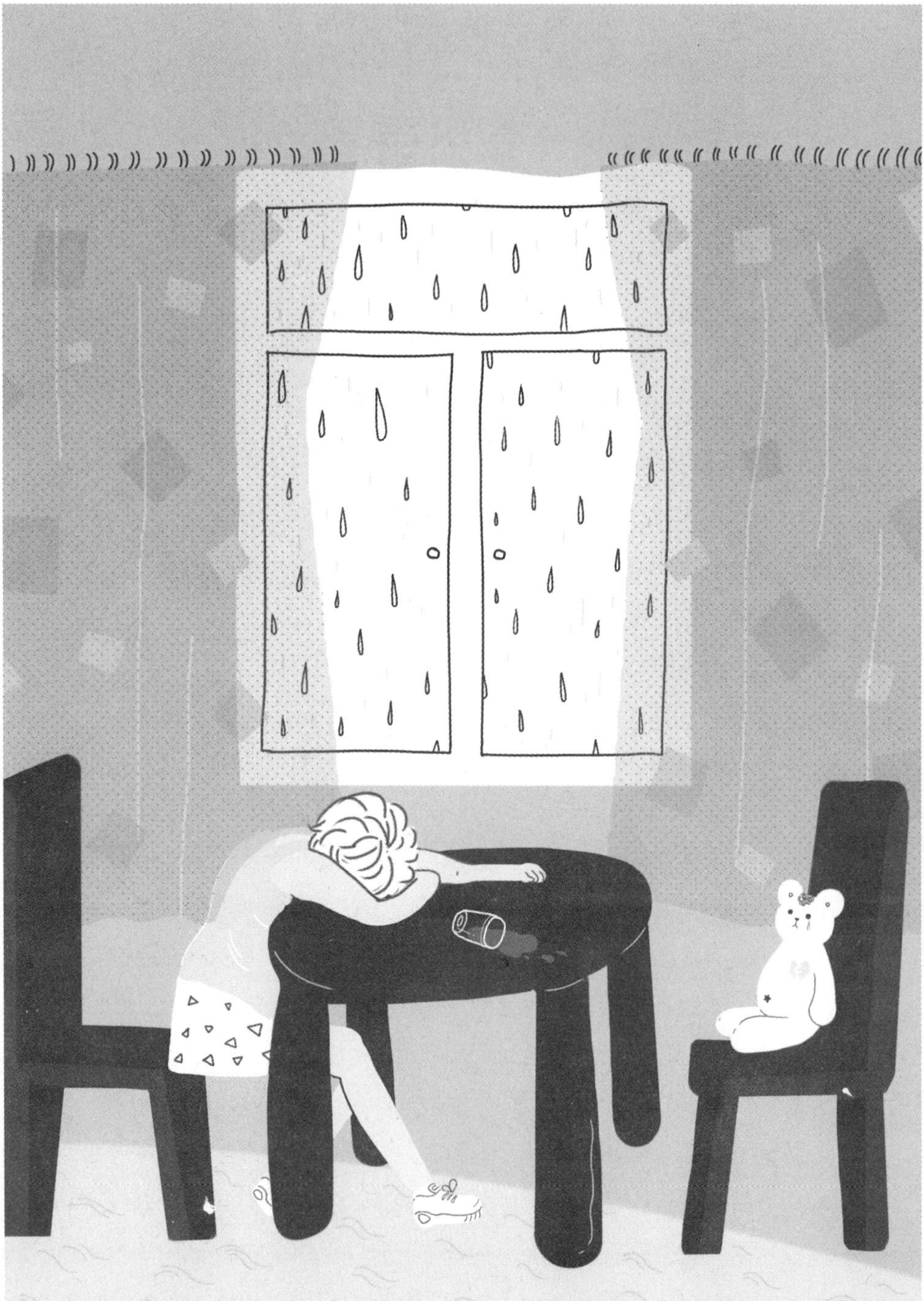

她的想法，但我可怜她的活法，我环顾这个灰沉沉的家，那些灰旧的家具，我强忍着把眼泪咽下去。

我拿着我妈的病历去了省人民医院，我一个中学同学在那里当医生。她找到了给我妈看过病的那位医生。他很诧异我们现在才来。他说，我说要治的，你妈摇头，说她年纪大了，怕化疗难受，怕手术更伤人。他说，她来过几次，总是问还有多少时间，我劝她去看看心理科，我感觉她有忧郁症，要吃药治的。

等后事了结，我回到我的小窝，已经是八天以后。

我推开门，看见那只大箱子，杂物架上的那块抹布，以及地板，我忍了多天的泪水夺眶而出。

忍了八天，泪水奔涌而出，那就痛快哭吧。

四下安静，我听着自己的哭泣，直到夜色深沉。面前，那只玻璃杯里的螺蛳静静地趴着，触角探动着。我想起我妈那天看着它的样子，好像近在眼前。我不认同她的想法，但我可怜她的活法。我抱起那块抹布，想着要不要把它藏起来。我真想对她说，你再来帮我擦一次地吧，你什么时候再来借钱啊？你是有用的，你只要还在那里，哪怕我们天天吵嘴，哪怕我心里多么烦你，只要想着你还在那里，那里是家，你对我们全家就是有用的，妈妈，我的瘦妈妈。

我打开冰箱，那天她给我带来的粉蒸肉还剩下几块。不管还能不能吃，我咬了一口。我的嘴里是泪水的味道。我说，妈妈，你是我妈，我的家人，有什么有用了没用了的？我打开箱子，她塞进去的那只小红布包静静地躺在角落里，我为我固执、勇敢而怯弱的妈妈哭泣，我的傻妈妈。

四川大厦霓虹灯的折光落在窗台上，从窗口可以看到巷子。我想着那天晚上我送我妈回去她走在我前面的样子。她在前面走，那一刻她一定在心里和我告别。

只是那时我不知道明天的事，妈妈，我们都来不及好好道声别。而现在再也没有告别的机会了。

我想着我妈，想着那天的自己，心碎一地。

姐是大叔

二十二

我坐在办公桌前发愣，我想，这人间的事怎么都仿若梦一场。

悲哀随时日一点点消退。许多个晚上我都等着她在梦中出现，就像当初盼着她来我的小窝。

我想问问她是否在哪个角落里打量我的生活。

但她至今没来梦里看过我。

如果她哪天来了，我一定告诉她，女儿正在像大叔一样大咧咧地过下去呢，过得差一点又何妨，即使做一坨垃圾也要勇敢，做大叔更要坚强。

我的生活重回日常，像以前一样每天五点起床，披挂着一身宽大的衣服，直奔单位搞卫生。然后上班、打电话、找业务、做方案，双休日去少年宫教课……可能是因为连轴转，比较累，人好像瘦了，而饭量在增大。

现在我最爱做的事是躲在小窝里给自己做饭，最喜欢做的是红烧肉。

当红烧肉的香味在小窝里弥漫的时候，是我一天里最放松的时光。

我爱上了红烧肉。

现在，我每天晚上都为自己烧一碗红烧肉。

这酱红肥腻的食物，让我百吃不厌。好在如今我打了两份工，多了点收入，伙食费用可以略微放宽。

估计没几个女孩会像我这样对肉类无所顾忌。好在我是大叔了，无所谓肥不肥的。难看死他们又何妨。红烧肉那么香，是我用黄酒、白糖和香叶细细烹调的。我体味着它绵长的好滋味，感受它给我的温度和能量。我不在乎变胖，事实上那么拼命地干活，也胖不到哪里去。

我的桌上时常会多出一个卡通的笔记本，一个苹果，一个橘子，有一天甚至出现了一个迷你的小鱼缸，里面有一条小鱼在游荡。

我知道是谁干的。

我看着那紫色的小鱼，心想，是否要把它搬回家去和那只螺蛳做个伴。

我知道是谁送的。那个年轻的背影曾经让我觉得琐碎，别盯着我好不好，姐烦着呢。

但现在，他让我觉得挺可爱的。

单纯就是赏心悦目。可能是因为自己再也不会有这样的阶段了。

这个大宝宝看着真的很可爱。在我灰不溜秋的这些天里，这间屋里就他对我亲近。现在有多少人会对别人好，这真的不容易。

我这么想着的时候，他回过头来，压低嗓门对我说，喂，你去不去啊？

我说，你说什么？去哪？

他就转过身，面对电脑，在QQ上和我聊。他说，婚礼啊，今晚上的婚礼啊。

我说，哪个婚礼？

他说，季小芳和李帅的，他们不是约了我们全部门的人了？是今晚。

我想起确有此事。因为前一阵我家里出事，我把这事给忘记了。

我想这大宝宝真的犯病了，逮着我问李帅季小芳的婚礼，按理说，回避我都来不及呢。虽说季小芳给我们整个部门每人都发了请柬，但我怎么可以去呢？

我打字：不去。

我想，她给全部门同事发请柬，当然不好意思不发我，但我这一点总搞得明白，李帅和她的婚礼我怎么会去。

我回了方格棋一句：这事你问我干吗？你爱去不去都是你的事。

这大宝宝果然傻纯，他居然回道：李帅让我悄悄问一下，咱们这儿到底谁去，人数多少，他们可以安排桌子。

我说，反正我不去。

他说，他让我问，我都问了一个上午了，没太多人肯定地说去还是不去。真烦人啊。

我看着他的背影，想，这宝宝怎么了，管别人去不去的，这事其实很明白，这屋里的人大多都会去。

我说，他们都会去的，除了我。

他说，为什么？

我可能误解了他的意思，我觉得他真的纯到了极品，我打字：按惯例，我即使去了，也会被拦在外头，因为有闹场的风险。

他像个笨蛋，一点幽默感都没有，他回：今天不会的。

我差点崩溃了，回他一句：不去，有那么多人去，不缺我。

他说，哪有那么多人，好多人都找借口，在观望呢。

我一愣，说，不会吧，她是副省长的女儿呀。

他回：怎么你不知道啊，前两天有消息传过来，说季小芳的爸爸出了点问题，在接受调查。

我愣住了，说真的，我现在基本与这类消息绝缘，没心情留意这些流言蜚语，也没人和我说这些。

我说，那又怎么样，只是小道消息吧。

他说，办婚宴的酒店他们是早就订好了的，现在她爸突然出了这样的事，她担心我们这里的人今晚可能都不去了。而桌数都订好了，所以让我帮着确定一下人数，好做调整，否则到时场面尴尬。

我有点回不过神来，因为这事比较突然，虽然我知道在官场这样平地起风雷的事见多不怪。

我说，反正不管别人去不去，我是不去的。

他说，我不知道该怎么和季小芳李帅说去，这事真的难办了。

他从电脑前转过头，看着我，做了个鬼脸。

我坐在办公桌前发愣，这人间的事怎么都仿若梦一场。

我想着季小芳去年刚来那些天里自己的局促，我想着李帅恍惚的眼神，想着自己拖着一大袋零头布从四川大厦前经过，季小芳透过玻璃窗看着我……

方格棋的背影一直在忙碌着，一个下午他都在聊QQ、打电话、发短信。他真的很热心，肯帮忙，但这真是一个棘手的帮忙，所以估计现在还是没确定到底多少人去。因为你问别人，别人还真的没想好。

他的背影一直在晃动，压着嗓门在电话里一个个地问：晚上你去不去？

他那无头苍蝇的样子，不知为什么让我心烦了。

我想，如果换成几天前，他们一定会像赶集一样地涌去了，但现在却像突遭暴雨阻隔，人真的太现实功利了。当然，也可能生活本来就是这个样子，再好命的人也不可能永远只得到而不需要承受。

这么想着，方格棋在前面为季小芳到处打探着的背影竟让我也有些焦虑，因为人数再不确定下来，晚上一桌桌空出来真的会比较难堪。

办公室里人人都在忙着，没人说这事，但他们暧昧的眼神说明他们在应对着方格棋的打探。我突然有些想笑，真他妈的腻歪，不就是个婚礼吗，也可能，在这一堆人里只有我的脸是明朗的，轻松的，因为我是明确不去的。明明白白。

我给方格棋的QQ发了一句：定下人数了吗？

他回头压低声音说，还没呢，好像不太妙。

看得出他的为难。他的脸都涨红了，因为他不知道该怎么告诉李帅和季小芳没什么人去。

下班后，我把几个楼层的垃圾袋收起来，放进一楼清洁间，就看见方格棋拖着一只大纸箱正穿过大厅，那纸箱太长，不好搬。他看见我，对我笑道，这是部门送的礼物。

给新郎新娘的？

他放下纸箱，一摊手说，是的，是婴儿车，今晚大家都有事，没几个人去，部门里前些天买的婴儿车由我送去。我是代表。

我帮方格棋把纸箱的另一头提起来，往车库走。我帮他把箱子抬进他那辆车的后备厢。他一手撑着车门，说，干脆，一起去吧。

我逗他，我不能去的，我可能会不舒服的，你怎么会不知道啊？

这大宝宝居然坏笑，说，那今晚你肯定不会。

他把嘴凑近我的耳边，说，说不定你还有扳回来的感觉呢。

我一边走开一边对这小毛孩说，去死吧，姐不是这样的人。

他见我生气了，忙拉住我的背包带，说，开玩笑呢，我是代表部门去，你也可以不代表你，而只代表部门，那不就没障碍了。

我笑道，我们这么差，能代表部门吗？

他说，也对，我们这两个差生居然代表了部门。

我说，我不能去的，如果我去了，我说我没有扳回来的感觉，但没准别人以为我有，好像我是去看戏的，这事不妥。

他说，你黏黏糊糊，从没见你这么黏糊过。

我像大叔一样狠拍了下他的肩膀，告诉他，我不是早说不去了吗，也只有你这么笨，老缠着我问这傻问题，你可不可以乖巧点？

他古怪地瞅了我一眼，点头说，对的对的，左右都为难，可以理解，可以理解。

他老三老四的样子，好像瞅到了我的心里去，这让我不爽。我想，他真的觉得姐还在在乎他俩？

车库里没别人，我向他飞起一脚，轻踢了一下他的小腿，我说，去死吧，大叔我可没那么腻歪，一个个都那么腻歪，不就是个婚礼吗，去就去，不就捧个场吗，我不代表部门，我代表搬运工，帮你抬箱子去的。

姐 是 大 叔

二十三

我举起双手，向空中伸展手臂。我说，深呼吸，仰
头，向前迈步。

我和方格棋来到世纪大酒店的时候，季小芳和李帅正站在门口迎宾。

雪白婚纱，黑色西装，鲜花环绕，他们像一对光彩照人的瓷人。

但周围稀疏的来客和空气中弥漫的惶惑，能让人感觉到今晚的尴尬。

我和方格棋抬着那只装婴儿车的纸箱子，笑着过去了。我们放下箱子，拱手，祝贺。

季小芳好像吃了一惊，她伸手搂着我的肩。

她说，啊，你来了，谢谢你，姐姐。

她的眼泪都快要出来了。这让我突然心软了。我说，我当然得来，来道个喜很好啊。

我担心她的眼泪会花了妆容，忙转身握了下李帅的手。一下子也不知该和他说什么。

不知他看着我会不会觉得我有翻盘的感觉。随他怎么想吧，我还真没这个心思。我在心里对他说，好好过吧。

即使是一坨垃圾也要好好过，其实我对自己、对我弟我爸也这样说过。

李帅看着我的眼神，说明我想多了，他笑着说，谢谢你，小芳也谢谢你……

今天的酒宴异常冷清，三十八桌，但许多桌子空了一半的位子还多。我和方格棋吃了一整桌菜。我们往盘子里夹了许多菜，像两个饿鬼。

没人说季小芳她爸的事，一句都没有，但好像人人都在眼神里交流个不停，所以挺怪的。主持人拿着话筒在台上卖力地说着笑话，大厅里不时发出笑声，但这笑声总不持久，像没有发作的感冒，稍微冒了个头，就消退了。

倒是菜的热气慢慢弥漫开来，给周围增加了许多暖意。许多人就躲藏在这热气里。方格棋低着头很专注地把半条鱼拆开，塞进嘴里，再小心地吐出刺来。我知道这个大宝宝在为李帅季小芳难堪。我们单位来的人寥若晨星。他问我，小芳给公司拉来了那么多业务，他们忘记了？

新郎新娘来敬酒时，我装豪放一口喝掉了，然后头有些晕。有那么一刻，看着这硬撑的场面，我不知自己身在哪里。

终于，主持人也词穷了，他说，现在我们请哪位上来为新郎新娘献歌一首。

一下子没人回应。主持人说，好，那我先唱一首吧，《天天想你》。

结果他连唱了三首，下面还是没人要上去的意思。

主持人把手里的一只毛绒玩具举起来，说咱们玩个抛绣球吧，抛到哪桌，哪桌派代表上来唱歌，好不好？

他就把那只玩具熊丢下来，结果砸中了一位小朋友。小朋友尖声说，我不唱歌我不唱歌。小朋友把那只熊一丢，熊就直直地往我们这里飞过来。方格棋正用筷子夹龙虾面，熊弹到了他的肩膀上。主持人跃下了舞台，到了跟前。他拉起方格棋，说，是位帅哥，帅

哥唱首什么歌？方格棋手足无措，说，我不会唱啊。

　　主持人哪肯放过他，正好找个人逗乐，拖点时间。主持人说，要不讲个笑话也行。方格棋把话筒往我手里推，说，她会唱，她会唱，那我和她一起唱好了。

　　主持人向四周挥动手里的毛绒熊，涨红了脸说，鼓掌，大家给点掌声鼓励。

　　他推着方格棋和我往台上去。我本来就晕，被一起哄，发现自己已站到了台上。灯光刷地照过来，场子一下子静了，许多眼睛愣愣地盯着我们。

　　我懵了，要我干什么？唱歌？有没有搞错？

　　主持人说，帅哥和美女是一对吗？

　　方格棋笑弯了腰，说，同事同事。

　　主持人问我，唱首什么歌，《最炫民族风》行吗？

　　我说，我不会唱。

　　主持人看着我说，我和你们一起唱。

　　我说，我不会唱。

　　主持人说，那么我们唱《数鸭子》吧，"门前大桥下游过一群鸭……"

　　我说，我不会唱。

　　场子更静了，我发现自己好像很严肃。这个问题显然也被场下的人发现了，他们看着我，难堪地看着这空气在凝固、冷却。这让我局促起来，觉得很不妥。

　　主持人想放我一马，他把注意力转向方格棋。只是方格棋这小子不太乖巧，他居然对我说，要不你给他们表演几个擒拿动作。

　　众目睽睽下的冷场，让人无法忍受，我好像站在冷气里了。台下投过来的那一大片发愣的眼神，场面很尴尬。这冷气好像因我而生。我想，要不就做几个动作赶紧下去吧。于是我提脚，踢了几个旋转的连环腿，我见方格棋站在一边傻看着，就一挥掌到他胳膊上，一个扭转，把他的手臂给反绞了一下，随后放下。

我听到主持人的起哄和四下一片笑声。主持人见气氛上来了，哪肯轻易放过这机会，他说，哇！好酷好酷。他挤眉弄眼地问下面：我认为今晚有一个人最需要学的就是这一招，你们说谁啊？

下面居然异口同声地笑道，新娘子，新娘子。

主持人笑歪道，对啦，以后老公不乖的话，大有用场哪，有请新娘学艺。

于是，新娘子和新郎就被一堆人推上了台。

我其实已经走到台下了，被主持人一把截住。我回头看见季小芳在台上笑弯了腰，她向我招手。四起的笑声，让今晚难得的热闹不忍收场。那些冲着我而来的掌声使我又上了台。我面对季小芳比画了几个拳姿。主持人笑道，新娘子学一下学一下。

季小芳依我的动作，笑着举拳头往李帅身上去。主持人说，不对不对，这绣花拳头太软啦，舍不得了是不是，心疼了是不是，看看人家怎么使的。

说话间，李帅像沙袋一样被主持人推到了我的跟前。主持人说，给新娘子示范一下，擒拿术，说不定今晚就有用呢。

下面笑声一片。我也差点笑软了腰，心想，好逗，这别不是让我闹场吧？

我看着李帅在台上那愣样，就故意绕着他空踢了几个连环腿，他避闪之间，我伸手攥扭了他的右手，下面笑声涌来，冲到了屋顶上，我突然起意在他的手腕上拧了一下，用了点劲的。

他扭头看我，眼神闪动了一下，他朝我点头，低语着什么，由于四下笑声一片，我听不清他在嘀咕什么，可能是"打吧打吧。"我双手叉腰哈哈大笑，一如奔放的大叔。这真的超逗。

我和季小芳李帅在台上闹了一会儿，主持人显然把我当作了活宝和救星，他把话筒递到了我的嘴边，把毛绒熊递到了我的手里，说这是给我的奖品。他说，还有什么绝招还有什么绝招？要不你也教一教现场所有人？

这愈发逗了。下面的人都在笑，这使婚礼终于有了点它该有的热闹了。我也不知怎么回事，突然有些"人来疯"了，我说，要不我教大家一个动作吧。

我做了一个运掌的架式，下面有人站起来学，我把掌推出去，下面的人也推出去，稀稀拉拉的。主持人显然嫌这动作缺少娱乐性，他夸张地叫起来，哇，这个太难，有没有更简单、更有用的？

更简单的？我想了一下，说，要不我教大家"健康大步走"吧。

主持人说，好，健康大步走，大步走啊。

我举起双手，向空中伸展手臂。我说，深呼吸，仰头，向前迈步。

我一边走一边说，每天这么走半小时，百病不生，健康人生。

下面好些人也站起来，笑着向天花板伸展手臂。我说，大家跟着我，这样向前走。

我在台上从左边走向右边。我看见台下的人举着双手在桌子与桌子之间的空地上走。

显然主持人觉得这是他要的互动，他很满意这个互动方式。他说，大步走，大步走，一起走，一起走呀。

他跳到了台下，像带头跳兔子舞一样，带着大家绕着桌间走。他们举着手臂，深呼吸，在散发着菜肴气息的空间里深呼吸，绕着桌子排成一长溜，仰头走着。

我在台上大声说，向上看，深吸一口气，走，走，走……

老老小小听着我的口令在桌子和过道间穿梭。这一刻真的比较逗。

姐是大叔

二十四

我笑道，我软弱别扭干吗要给你看，万一你真看到
了，逃都来不及。

婚宴结束，方格棋把我送回家。

车停在楼下，他非跟着我往楼上走，说要进去坐坐。我答应了。可能还是因为这场婚礼有些奇葩，让人有想接着聊聊的情绪。

小窝有好几天没收拾了，有点乱，但他说很温馨。他大咧咧地坐在小沙发上。他说，这灯很好看。我给他倒了杯水。他说，这地上的坐垫好看。我说，有点乱。他说，要那么整齐干吗？他往沙发上倒，说很舒服，如果太整齐的话，坐都不敢坐了。

他喝了一口水，就倒在沙发上，睡下，说，我就从来就不喜欢收拾。

我说，你是男的嘛。

他欠起身，环顾四周，说这里的色彩搭得很好，像个女孩的房间，可见，什么大叔大叔的，装腔作势罢了，掩饰不了的女性化，而且还是小女孩。

我就笑，说，哟，还小女孩呢，你别是哄我开心吧。

他站起来，在房间里看了一圈，回头对我做了个鬼脸，说，这里别的都好，就是少了男人。

我向他的方向飞起一脚，说，要男人干什么？

他避开，傻乎乎地沉默着。

我问他，今天下午你非要我去参加那个婚礼，是什么动机？

他说，你不开心吗？

我说，还行吧，比原来想的要好度过，其实应该说还挺高兴的。

我发现他在观察我的脸。这大宝宝其实还挺有心机的。

他笑道，看样子我又输了，我原本可能是想看看你别扭软弱的样子。

我叫起来，我别扭软弱得还不够吗？天天都是。

他摇头说，但我从来没看到，你好像是刀枪不入的。

我笑道，我软弱别扭干吗要给你看，万一你真看到了，逃都来不及。

他突然说自己肚子饿了，问这里有什么好吃的。

我说，刚才婚宴上吃了那么多，怎么还饿。我拉开冰箱看看还有什么可吃的。

我说，还有一碗肉，原本想今晚烧红烧肉的。

他就叫起来，好，我喜欢吃红烧肉，红烧肉下面条。

我说，都几点了？等烧好都要天亮了吧。

他嚷嚷着要吃红烧肉，说难得来一次，哪怕天亮了也得吃饱才走呀。

我笑他，什么"富二代"，哪有"富二代"这么好养的？

经过一个小时的张罗，香喷喷的红烧肉端上了桌。

窗外夜色已深，那种深更半夜煮东西吃的感觉，有点小孩子似的偷偷摸摸的兴奋。他真的像个小孩，吃一块，说一声，"太好吃啦"。我这小窝自上次我妈来过后，好久没人来了。这热闹让我也有些喜欢。我煮了一锅面条，还炒了一个青菜，和他分着吃光了。

他说，已经三点半了，五点钟要和你一起去打扫卫生了，所以不回去了。

他往沙发上一横，说，借宿了。

我心想，再这样下去，我哪还做得成大叔，非变成哄他、劝他、求他的大妈不可。

我说，那可不行。

他居然说，为什么不行？

我说，你最应该知道为什么不行。

他说，你不是绰号大叔吗，我是小哥呀，俩哥们，有什么不行的？

接着他装昏睡过去，故意鼾声如雷。

我拉了他几把，他就是不肯下来。

姐是大叔

二十五

虽然我们来自两个不同的端点，但在这小窝和那个办公室里，不知怎么回事，感觉却真的是同类项了。

我承认方格棋有些傻气，比较可爱，但我想和他保持点距离。和小孩混什么混？

　　但他比较黏糊。自从那天半夜在小窝煮红烧肉之后，他就隔三岔五在下班之后来敲我的门，说要搭伙。我想他多半把这当娱乐活动了。

　　我说，搭什么伙呀。

　　我把门关上：去去去，我这又不是食堂。他笑着推门，要进来。我只好把门打开，说，算便宜你，我刚烧了红烧肉，你吃了就走，明天不许来了，你整天混在这里，我都不能找男朋友了。

　　他好像才知道我要找男朋友似的，他说，你男朋友来，看见我在这里要吃要喝的，会不会觉得我才是你的男朋友？

　　我叫起来，哟，你搞得挺明白的，那你还来？

　　他就眼睁睁地看着我，那一刻真的像我弟。他说，一个人孤独，两个人彼此happy，彼此happy就不孤独了，所以在你找到男朋友之前，让我来这里做客。

　　我说，这里有什么好玩的，多简陋啊。

　　他往那张沙发上一倒，蜷在那堆垫子里，像个蚕宝宝。他说，这里与我家比，是有些乱有些杂，但这里很舒服，要那么整齐干吗？

接着，他真的呼呼睡着了。

发展到后来，他竟然偷拿我忘在办公桌上的钥匙串，去配了一把小窝的钥匙。

他自己进出，甚至中午也要去那里蜷在沙发上，歇一下。

我说，疯狂疯狂，你他妈也太疯狂了，租金你得缴一半。

这大宝宝说，好的好的。

我说，你自己去租一间豪宅不就行了，非窝在这小破屋干吗？

他说我也不知道，可能因为我是差生，就喜欢乱的，自在一些，还有你，和我一样，轻松一派，同类项合并。

我说，瞧你说的，你都要成心理学家了，还差生呢。

我说，距离，注意距离，人和人不能没有距离。

他打了一个哈欠，说，同类项压根没有距离，有距离的根本不是同类项。

他说，同类项才能扎堆，彼此happy，喂，难道你没觉得我也比较像大叔吗？

他说他喜欢这里，很随便，很自由，很放松，所以很舒服。

他说他是笨的差的，做不出领导要的文案，也不像他爹那样能干，但他已尽力了，所以他是笨的慢的，所以别给他压力好不好。

我知道他的意思。

他蜷在我的沙发上像个蚕宝宝的时候，他来讨红烧肉的时候，我看着他其实挺心软的。虽然我们来自两个不同的端点，但在这小窝和那个办公室里，不知怎么回事，感觉却真的是同类项了。他和我都说不出来这样到底有什么好，像个落魄大叔或像个认命的差生有什么好，甚至像坨垃圾有什么好，但心里有个那么强烈的念头：就这样了，别盯着我，让我就这样吧，这样我才好过些，轻松些。

有一天晚上，我们两个抱着饭碗，对着电视，吃着大块红烧肉，他突然说，我们这样吃下去，会不会成胖猪？我说，我也正想着这个问题。

我们对视着，放声大笑。

姐是大叔

二十六

我看着她那张精致的脸，心想，如果我是他，没准我
也会溜的。

有天傍晚，我背着包从四川大厦门前经过的时候，被一个女人叫住了。

她一袭米色套装，领间一条印花丝巾，化着淡淡的妆，风姿绰约地站在我的面前，她说，不好意思，是若兰吗？

她五十多岁的样子，矜持地笑着，说，实在不好意思，我是方格棋的妈妈，冒昧想跟你聊一下。

方格棋的眉目间和她挺像的。她想约我去四川大厦里面的咖啡吧坐坐。她说总听儿子夸奖我如何有才。她的视线有些躲闪，小心地选择词句。我想，她妈妈找上门来了，这事可别冤枉我啊。

我说我家就在这楼的后面，咖啡吧就不去了吧。

她犹豫着，好像还想客气，其实她一闪而过的眼神告诉我，她挺想来我住处看看。

我带她来到小窝，请她坐在沙发上。沙发一头还搭了只她儿子的背包，不知她发现了没有。

她环视小窝，那些布艺，那些杂物，包括那杯子里的螺蛳，我想她可能都觉得可笑。她让我不要泡茶了。她盯着我看了好久，其实一路上她都在悄悄端详我。她叹了一口气，说，这样的名校学历，这样的高挑个儿，都是很好的，就是大了，大了四岁。

其实在路上我已经感觉出来她要说什么了。现在看她愁成这样，我差点笑出来，但没好意思，我就直接说出来了：我可没想和你儿子谈朋友，这是不可能的，我怎么可能找一个小男孩？

她对我点着头，却并没因此展开眉头，虽然她说我这话让她放心了。

她说，是的，他还是一个小孩子哪。她说，你比他大，比他懂事……

我说，阿姨，方格棋只是因为压力比较大，喜欢找我聊聊天而已。

她看着我，摇摇头说，不是的，他说他要和你在一起。

我说，他从没这样和我说过。

她似乎难堪地低头笑了笑，用手摩挲着沙发上那只背包的带子，好像又在想着怎么遣词造句了，她说，他可能没和你这么说过，但我知道这些天他常来这里……

我的脸热了一下，说，他喜欢来我这里，可能是因为这里比较自在吧。

她看着我的房间，好像在研究它到底哪里自在了。

哪里自在？这小窝因为方格棋的混迹，现在一眼看过去有些乱，桌上还放了一包打开了的薯片，一些碎薯片散在桌面上。墙角有他留下的一堆旧漫画，不知他是和哪里的书友交换来的，更可笑的是昨晚让他洗的碗，他洗好后就直接堆在水池边。

她把那只背包放倒在自己的身边，说，我们对他期望很高，他爸对他要求很高，家族产业有家族的需要，现在他还不懂事呢，还小。

我明白她话里的意思。我看着她那张精致的脸，心想，如果我是他，没准我也会溜的。

　　我告诉她，我这边没问题，因为我们之间本来就没问题。

　　她从包里掏出了一个精巧的纸盒，递给我说，一点小礼物，谢谢你在工作上对他的关照。

　　我推还给她，笑道，我们又不是日本人，还送见面礼。

　　她说，是一条围巾，Burberry的，挺适合你的。

　　我向衣柜指了指，笑道，我还真的没衣服可以配它，真的别客气。

　　我陪她出门。到楼下，她回头看着我，叹了一口气，似乎在自言自语：就是大了四岁。

　　我装作没听见，心想明天看见方格棋，得狠K他别乱说话。

　　她向着路那头挥挥手，一辆奔驰开了过来。

姐是大叔

二十七

如果你有空留意一下，没准你也会看见她们，不修边幅，像大叔一样。

冬天正在来临。风吹在窗户玻璃上，而办公室里依然忙碌一片。

我在QQ上对方格棋说，别对你爸妈乱说。

他坐在我前面左侧的位子上。他的背影倒是沉静。他回答：我从不和他们说什么。

我说，我可没让你不和他们说什么，但你别和他们乱说我。

他说，我可没乱说。

现在他的背影好像透着胡搅蛮缠的气息。我回道：我一大叔，有什么好纠缠的？

他说，你没发现我也是大叔一枚吗，我挺喜欢大叔状态的，因为自在啊，像一堆干草，蔫着舒服。

我想笑，说，有什么舒服的？败落着呢，奇葩着呢。

他回：奇葩？没准这是趋势呢，酷着呢。你没发现吗，这楼里除了你、李娜娜、张宝莲、张春春、陆艺芒等一干女的，混得不怎么样的，或者不想混得怎么样的，也有大叔化迹象呢。

我回：OMG（Oh my god），原来你喜欢她们？你口味也太重了！

他回：Maybe。问你一个问题，像大叔一样，是因为不想做女孩了，还是做大叔更像女孩本来的面目？

我回：什么呀，比麻花还绕。

他回：也可能在今天，做个大叔比做个女孩更放松，所以更像女孩。

我回：啥意思？我不懂。

他回：你不懂？天哪，你不懂。

我看了一下他那个可笑的背影，看了一下手表，噢，快下班了。

我去各楼层整理了一下垃圾袋。随后回办公室拿了包，回家。方格棋已经走了。

临近冬天，傍晚时分，天黑得早。四川大厦巷子里有人家在煎带鱼，那咸香诱人无比。

一家服装店的玻璃橱窗上，映着我的影子，一个利落的女孩，一身宽大灰衣，脸色沉静，没有修饰，酷得像大叔一样，是吗？

"像一堆干草，蔫着舒服"，我想着方格棋刚才在QQ上和我的聊天，就想笑。右边银泰广场楼上的LED屏放着炫丽的广告片。正是下班时间，人人都裹紧衣衫走在风里。从附近写字楼里走出来不少OL（办公室女孩），她们和我一样步履匆匆，我发现她们中的不少人其实也穿得和我差不多，灰衣松垮，背一只超大的包，宛若大叔。

我发现这点其实也已经有些日子了，我这些天甚至下意识地寻找她们，像寻找同类一样。如果你有空留意一下，没准你也会看见她们，不修边幅，像大叔一样。我不知她们心里在想什么，过得怎么样，是不是也正在放自己一马，但我高兴我不是一个人，我甚至想这没准真的像方格棋这小子说的那样是一种趋势呢。

走到小窝的楼下，我想起来今天冰箱里没什么菜了。我就转身往巷子口那家超市走过去。

　　三十分钟后，当我带着一块五花肉、半个鱼头、一把青菜、一块豆腐和一些土豆从超市出来时，街灯已经亮起来了。我的影子现在落在路的前面，瘦长精干，手中的袋子里装着菜，被灯光拉得很长，像所有披挂着庸常生活风尘的大叔一样走在回家的路上。前面那幢楼里是我的小窝。我瞅了一眼手里的菜，突然一愣，因为下意识中为方格棋准备了一份，有他爱吃的葱煎土豆和鱼头。我摇摇头。那大宝宝方格棋的脸就好像浮在路灯下。他现在在哪里？

　　我往楼上我的小窝看了一眼。我想，他是真的喜欢我，还是闲得没事只想彼此happy？仔细想想他的话从来都是模棱两可的，可见他才不傻呢。好友娜娜上周来我这里见过方格棋，她说他聪明着呢。我在楼下抬头又看了一眼三楼我的小窝，我看见厨房的灯突然亮了。我想，这家伙又来了。

　　我按了按楼下的门铃，听到他的声音：谁？

　　我说，大叔我。

姐是大叔

作为退出的励志

（后记）

在我们身边的职场，有这样一些女孩，她们不再在意美丽，不再在意别人的眼神，甚至不再希望别人留意到她们的存在。

她们灰不溜秋，不修边幅，宛若落魄的大叔。

这是因为她们不想被人当作女孩来关注，她们只想退到自己的角落，让自己松一口气。

在心里，她们开始隐约抗拒世俗成功标准中对一个女性的认定，她们不想出众了，她们觉得累了，也觉得无望，她们对自己说"算了吧"。

也就是说，在如今的职场，她们不想做杜拉拉了，不想升职了，不想争了。让别人去争奇斗艳，去上位吧。

这样的退出，也可能并不是因为争不过，而是因为明白了一切都需要代价。什么是这个年头的代价和资本？不说你也明白。

那些伴随着"奋斗"而来的焦虑和心机，那些日益纵深固化的阶层，那些稀缺的底层向上流通的人生通道，那些可以交换的关系、资源、资色……如今想出众、想上位，很可能你收获的是疲惫、伤痕和无力感。

所以，她们以退的方式，解开自己的心结。她们对自己说：

"我不想要了总可以吧。就当我是无用的人吧，别在意我。"

这样的退，是因为某种处境的无望，也是为了自己的心性，和某种还让人温暖的价值。

在职场，这样的女性心理潮流，开始于最近几年。在一片焦虑的女孩中，出现了落魄大叔状的"退出系女孩"。

就像这篇小说里写的王若兰。当一个女孩失去了最初爱情的小天地，失去了家庭实力的依托，她得独自面对外面的这个世界。

她得靠自己去生存。于是她开始真正面对这个年代的生存规则，面对各种势利和功利主题，也面对周遭众多向前冲锋的PK者。

你总得信点什么，比如爱情，比如金钱，比如活法；你总得撕破点什么，比如脸面，比如原则。不管你有无障碍，这个时代的痛感就是这样渗透进许多小人物的心底。

有向前冲锋的趋附者，也有像王若兰这样的女孩，对于这个社会的"交换"原则，她不准备交换，不准备用自己的心性去换。

她选择退出，以此来维系心里的安静。

儒家与道家从来都是相生的。当升职的"杜拉拉"泛滥时，当儒家式的进取欲望无法消解时，道家式的"退"就开始登场，做个主流眼里的"无用者"吧，别人眼里的无用，恰恰对自己是最有用的。让自己安静下来，让身心放松，才能在这乱哄哄的世上少受伤害。

纯真小人物也许别无他途。

这样的退，从来就不是消极的，尤其放在当下种种或明或暗的"规则"和现实生存处境的背景之下。就像这篇小说中，王若兰在选择"退"后，作为"假大叔"的她与真大叔邢海涛的过招，让她明白了"退"是一种决然，它更需要勇气和对自己的明了。

在落魄大叔状的外表下，她心里居住着一个女汉子。

一个青春女孩宛若中年阶段的大叔，这是这个时代的悖论。她心里对这世界和机遇、处境的明了，是时代的悲伤。

正因为"退"是积极的，所以在这个焦躁的时代，它以静态散发出对众人的吸聚力。在这篇小说中，背负家庭厚望的富家男孩方格棋，被种种"有用"的成长指标困扰，女孩王若兰的"无用"状态吸引着他，是因为那种不在乎、独立，有着放弃以后的自由和坚强。

在"成功学"泛滥的今天，"退出"也是一种励志。

图书在版编目（CIP）数据

姐是大叔 / 鲁引弓著. —杭州 ： 浙江大学出版社，
2015.8

ISBN 978-7-308-14886-3

Ⅰ.①姐… Ⅱ.①鲁… Ⅲ.①长篇小说-中国-当代
Ⅳ.①I247.5

中国版本图书馆 CIP 数据核字（2015）第 162910号

姐是大叔

鲁引弓 著

策　　划	陈丽霞　谢　焕	
责任编辑	陈丽霞	
文字编辑	刘梦颖	
责任校对	杨　茜	
出版发行	浙江大学出版社	
	（杭州市天目山路 148 号　邮政编码 310007）	
	（网址：http：//www.zjupress.com）	
排　　版	浙江时代出版服务有限公司	
印　　刷	浙江印刷集团有限公司	
开　　本	700mm×960mm　1/16	
印　　张	13	
字　　数	163千	
版 印 次	2015年8月第1版　2015年8月第1次印刷	
书　　号	ISBN 978-7-308-14886-3	
定　　价	28.00元